步步生蓮

出泥清蓮

經典

推薦序

改變的力量

慈濟基金會人文志業發展處主任／資深媒體人　何日生

人究竟能不能被改變？或者，人究竟能不能改變自己？

曾經作為新聞記者，看過為數頗多的芸芸眾生，從叱吒風雲的政治人物、成功的企業家、爭取權利的工人、精明的律師、辛勤工作但滿腹牢騷的農人、失意的官員、漂白的黑道、入獄的罪犯、善心人士，或者奮鬥不懈的小老百姓，他們都各自活在自己的世界裡，都各自用他們的眼光在看世界，誰都不想改變，也不會被改變。

但是自從進到慈濟之後，看到許許多多，同樣出身於這些不同背景的人們，或遭逢類似際遇的人們，一個個卻都改變了，清淨了，莊嚴了，為甚麼？是何種力量，讓他們改變？

在《出泥清蓮》的這本書裡面，看到的都是許多平凡而不幸的故事，或因婚姻挫折，或因際遇乖舛，或因一時迷惘鑄下大錯，或因被家庭的共業牽連，而逐步失去對生命的信心。直到她們接觸了慈濟，直到她們在行善中找到自己原本具足的力量，直到在愛中她們找到失去已久的生命的希望。

《出泥清蓮》書本裡的每一個故事，都是找到內心的善，找到清淨的愛，然後開始改變。她們其實都曾經是我們社會中最不幸的一群婦女，被丈夫無情背棄的妻子，失去摯愛兒子的母親，浪跡紅塵的女子，她們的際遇因小愛而沉淪，因大愛而得救。

人的苦，都是因為執著、不認命。這裡的認命，並不是逆來順受的隱忍，而是相信這一切的際遇都有其因緣果報，接受業，業就消；接受因緣，惡緣就化解。不執著在小情、小愛的桎梏中，就不會繼續受業力牽引，但是個人的力量又如此渺小，厄運與不幸，會剝奪一個人奮鬥的意志與判斷的智慧，群體的善才能牽引人找出心中正向的力量。黃金線與其他主角都是同等不幸的婦女，都碰到善知識才進入慈濟；她們都在找到生命的真實價值後，也引導他人重新看待生命，正如黃金線透過自己的故事在醫院裡面啟發自殺的阿桃。就這樣，自度後度人，不斷地產生生命向上的循環。在黃金線生命的第七十九年，是她一生最幸福與尊嚴的時刻，這時刻是因為不斷對他人付出愛而獲致的。

善的行動，是一切改變的源頭；愛的付出，是改變她們的力量。她們在世俗社會的認知裡未必是所謂的成功或富裕，但是她們的心卻因為愛而堅強，她們的生活因為行善而快樂無比。

我並不是說世俗社會中的人都缺乏愛，而是那樣的愛有太多的牽掛，有太多依賴，心總是惦記牽掛著失去，心總是依賴著他人讚賞的眼光。在慈濟獲得改變的人們，發覺自我心中的善，找到不必依賴他人的愛，開發出一種給予但不求回報的清淨愛。這種愛，沒有牽掛，沒有恐懼，而這種心境才是幸福的來源。

人人都有這種與生俱來的善與愛的力量，但是我們卻一直依賴別人的愛，盼望別人的善。當書中的百合師姊因為先生往生，而陷入心靈的脆弱之際，是在醫院幫助他人之中，找到內在愛與善的力量。曾經因為公公的一個誤解，而在心裡鑄下巨大的傷痕；這傷痕一直伴隨著她，她覺得無力擺脫。其實自性本來有很大的善，不必一定要別人以善的態度對待，我們才能高興自在，與其期待別人的善意，不如自己對別人付出善意，這是一個絕對自信的人才有的能量。

妳一個人做不到，慈濟幫助妳做到。在慈濟的道場裡，許多生命的智者，許多受過傷的過來人，他們都經歷在愛別人之中，照見內心本來具足、無缺、飽滿、強健有力的善與愛的力量，這就是為甚麼上人希望慈濟人在群體修行；群體給我們典範，群體給我們愛的智慧，群體給我們付出試煉的因緣。因此，書中所有的主角都是在慈濟的群體環境中，讓迷惘的心甦醒，讓沉痛的心弭平，讓破碎的心完好，讓失意的心找到希望。

當然在慈濟的世界裡並不是一切都改變了；貧窮的變富裕了，變心的老公回來了，失智的兒子聰明了，失去的親人復活了。其實慈濟真正對於書中主角們的改變，是改變她們面對厄運的態度。她們學會接受，接受孩子是弱智的事實，不勉強他有所作為，乖就好，生活反而更豐富，更甘美；帶著孩子做慈濟，幫助他人，生命的價值依然如此的豐沛。

在慈濟的道場裡，含藏著許多愛的能量。凡是妳改變不了的人，妳扭轉不過來的關係，慈濟愛的道場能夠幫助妳改變它。曾經困擾著明瑩師姊的婆媳關係，不正是在慈濟大家庭的愛中，得到重新的梳理與轉化？當一滴混濁、即將乾涸的小水滴，融入廣漠清淨的大海，她自然重新得到淘洗與純淨。

自性本來清淨，只是被我們遺忘。自性本來有很豐沛的、強有力的愛的力量，我們卻依賴著別人的愛。於是在得到愛，與失去愛之中，浮浮沉沉，受盡煎熬，痛苦不已。當我們在付出愛的行動中，我們突然知曉了，領受了，見證了自我內心愛的能量。

人在付出的那一刻不就是一個富足的人嗎？

我們的行動決定我們是誰，我們的行動改變了我們是誰。

愛他人愈多，不正是愈顯現自己的富足？不過這裡的愛是無牽掛的，是清淨的，因為它是一種群體共同匯聚的無所求的大愛。

我們要改變命運，必須改變我們心的方向。面對厄運，不是隱忍著傷痛，強忍著自卑，而是接受因緣，認知果報。當我們轉向面對命運，它就不再捆綁我們；當我們不再做無望的期待，我們的心就真正自由了，而自由給我們力量；當我們放下執著，放下內心千斤重擔，我們才有力氣提起生命更寶貴的物品。

我們要改變命運，必須先改變我們的行動。不再等候愛，而是主動去愛；不是一個人苦苦地去愛，而是與大家一起付出大愛。只有這種愛能治癒哀傷，脫離孤寂的纏繞，超越小愛捆綁的憂苦。帶著那些妳愛著、苦著的他們，一起融入這清淨的大海，讓他們一同被淘洗，一同被昇華。這是《出泥清蓮》一書向我們展現的動人的生命詩篇。

目次

輯二・法水滌心

輯三・浴火鳳凰

輯四・疾風勁草

編者絮語

〈輯一〉絕地逢春

黃金線 ◎一九三一年生，臺南縣佳里鎮人，父親經營魚塭，家庭生活富裕，是備受父母呵護的掌上明珠。二十歲嫁給當時美稱「臺南電氣三隻虎」的先生，從此踏上一段始料未及的坎坷姻緣路。晚年接觸慈濟，聽到上人開示後，長期被怨恨禁錮的心靈有了新的領悟，終於擺脫了命運的桎梏，也找到人生最終的依歸。

命運的桎梏

陳爝娟

夕陽西下，黃金線腳步沉重地走在蜿蜒的田埂路上，日落餘暉將她孤獨的身影拉得好長，就像她身上所背負的無形枷鎖，放不下也撇不開。望著前方漫漫長路，回家的路對她而言，就像婚姻一樣，是一條永無止盡的不歸路。

經過熟悉的廟口，金線習慣性地縮小身子，加快腳步，恨不得插翅飛過；孱羸的身軀，仍引起常聚會廟口的人們注意。

美滿婚姻成幻影

「妳看！妳看！那就是巷仔口李家第二個媳婦金線啦！」

「就是她喔！聽說她生五個男孩，只有一個卡『精光』。」

「唉！真是『水人無水命』！」

「不只這樣！」

一群婦人一開啟話匣子，就興致勃勃地交換著聽來的小道消息。

「聽說，她先生之前跟賣日本料理的那個女人尚未結束，現在又搭上一個酒家女耶！」

「而且還拖兩個拖油瓶。」

「她也不輸外面的女人，怎會挽不住先生的心？真是可憐啊！」

雖然早已習慣鄰里街坊的品頭論足，尖銳的話語還是像箭一樣刺向金線淌血的心。

回想起剛結婚時，先生常深情款款地握著她的手說：「金線，我這一輩子有妳一個就夠了！」甜蜜的誓言猶迴盪在耳邊，而先生如今無情的背叛，更增添心裡的哀戚。

夫妻在一次次欣喜迎接孩子誕生的冀盼下，被迫接受孩子無法正常成長的缺陷，昔日的溫柔體貼，隨著孩子的出生，徹底耗損殆盡；先生再也無法待在家中，面對一群無法駕馭的孩子，最後選擇逃避，一頭栽進軟言以對的溫柔鄉尋求安慰。

「阿母！二哥又吵著要出去啦！」三子阿昇（化名）的聲音，喚醒了沉浸在回憶裡的金線。進到屋內一看，罹患小兒痲痺的老二，吃力地用屁股在地上挪移，不顧弟弟的阻擋，一步步地往外移動。

「我也要出去玩！」一旁的老大，口齒不清地表達心中的念頭，老四、老五傻傻地坐在一旁呼應著。

老大因小時候發燒而導致弱智，老二又因感染小兒麻痺及腦炎造成嚴重癱瘓，老四、老五也是弱智反應較慢；只有老三阿昇是正常成長，可以幫忙照顧四個兄弟，分擔金線的重擔。

雖然知道先生的心早已被外面的「鶯鶯燕燕」所迷失，金線卻單純地相信，只要守住這五個孩子，自己就還是「李太太」。

心底永遠的痛

一九五九年三月，先生因做電氣生意失敗「跑路」，金線只好帶著孩子，跟著先生來到後山花蓮。

金線永遠記得離開臺南那一天，天空烏雲密布，一路上傾盆大雨，就像她茫茫然的前途，眼前一片黑暗。在搖搖晃晃的火車上，金線的眼光總是不由自主地瞄向坐在同一車廂裡另一頭的先生與「她」，任由他們目無旁人地打情罵俏。

黃金線與陳金鳳雖然年事已高，但兩人衝勁十足，做起資源回收，可不輸年輕人（上圖）。黃金線應大愛電視台邀約，到馬來西亞慈濟各分支會現身說法（左圖）。

黃金線與五個孩子合影。

在花蓮定居下來，金線與五個孩子窩在巷子尾的小房子，巷子另一頭是先生的另一個家。

為了維持家計，身無專長的金線只好靠著鄰居幫忙，種些番薯及利用裁縫車車加工，來維持家中的基本開銷，日子是有一餐沒一餐的番薯籤粥。

「阿母，二哥又不穿褲子爬出去了。」「阿母，弟弟又打我了！」「我要吃冰！我要吃冰！」耳邊不時傳來孩子的吵鬧聲。

「為什麼都這麼不會想？你阿爸已經不顧我們了，你們要怎樣才能較『精光』一點？」「我是不是帶著你們去死，這樣最好？」狹小的房子充斥著孩子的吵鬧聲，常讓金線的情緒緊繃到極點，每次只能藉著打罵孩子，來發洩心中的憤懣。

「老天爺啊！為什麼要讓我過這樣的生活？我到底前輩子造了什麼孽？我拖著這群人人嫌棄的孩子，到底要拖到什麼時候？」夜深人靜時，金線總是仰望天空無聲地吶喊著，怨嘆命運不公的對待，日夜囓啃著金線千瘡百孔的心。

「妳不要太過分，四處去說妳有多可憐，害我都沒辦法面對鄰居。」一天，先生一進屋內，就怒氣沖沖地拍著桌子說。

「你自己無能力養兩個家，還怕人家笑你！」金線不甘示弱地回應。

「妳就是每次都這樣，我才更不想回來！」先生大聲地轟回去，轉頭就走。

大吵過後，積壓已久的怨恨，瞬間轉化成激昂的悲憤，金線激動地跑到巷子口，衝到「她」面前，拉住她的頭髮，用盡氣力「啪！」一聲打過去，順勢將「她」推倒在地上。

「妳到底要逼我到什麼程度，妳才甘願？」發瘋似的金線，拚命地搥打著「她」。

「那是妳沒能力留住先生的心，妳怪誰？誰要妳那群『不搭不七』的孩子？」兩個女人互相拉扯，扭打成一團。

「今天若不是因為妳，我先生不會這樣對我！」

「丈夫在妳家是妳的，在我家就是我的！」

「她現在有孕，妳再給我打看看！」尾隨而來的先生，用力拉開金線，劈頭一巴掌掃過去。

傷痕累累的金線跌坐在地，撫摸著紅腫發燙的臉頰，瞪大眼睛無法置信地望著眼前兩人。

過沒多久，先生就帶著「她」一家人離開花蓮到臺北，毫無預警地在金線的生活中消失無蹤。

一九六一年二月，金線用光身上所有積蓄，變賣全部家當，在鄰居幫忙下，籌足了車錢，帶著五個孩子與滿腹的辛酸血淚回臺南。顛簸的火車上，突然腹部一陣陣絞痛，下半身一片血紅，漫長的歸途中，金線流掉了第六個孩子。

「阿母，開門！是我金線回來了！」硬撐著身心重創的身軀，拖著五個孩子，金線看到母親後就整個人鬆懈下來，昏倒在娘家門口。一整個晚上昏迷不醒地喃喃自語：「我是李太太！我是李太太……」

母子相扶共度難關

為了生活，金線日以繼夜坐在裁縫機前車加工，麻木的靈魂因忙碌的工作有了遺忘的藉口，只是每到夜裡萬籟俱寂、輾轉難眠時，「我的人生到底還剩下什麼？」「我到底要拖磨到什麼時候？」聲聲得不到答案的問號，讓金線像陷在魚網裡的魚兒，愈掙扎就纏繞得愈緊，無處可逃。

那時老大開始去做工，家事與照顧老二的重擔就落在阿昇身上。

黃昏，金線在廚房忙碌準備生火煮飯，老二與老四蹲在家門口玩彈珠，眼睛不時飄向前面的小徑，遠方小小身影頂著夕陽餘暉拚命地跑，阿昇氣喘吁吁地跑到廚房放下書包，準備做家事。

「你還知道要回來！你跑去哪裡玩？你忘記要做什麼嗎？」等不到阿昇回家煮飯、做家事的金線，一看到阿昇回家，積壓很久的情緒瞬時爆發，生氣地拿起籐條往他身上打。

「我這麼辛苦養你們，養的是一堆沒用的孩子！」不受控制的籐條，毫不留情地落在阿昇身上。「我何苦？會生不會養！會生不會養！」

二妹碧花（化名）提著一些家用品來探望，正好看到這一幕，忙將金線手上的籐條搶了過來。

「妳這是在幹什麼？發瘋了嗎？」

「我在教孩子，妳不要管！」

「每次來就看到妳拿著籐條打孩子，孩子是這樣教的嗎？」

「他們吃我、住我，我賺錢養他們，就是要聽我的！」

「阿昇，跟二姨去我家住，不然你會活活被你阿母打死！」碧花看金線不可理喻，牽起阿昇的手往外走。

晚上，阿昇坐在碧花布置簡單卻溫馨的飯廳中，皺著眉頭看著眼前一盤盤美味佳餚……「阿昇，是二姨煮的東西不好吃嗎？為什麼都不吃？今晚就住在二姨家，等明天你阿母氣消了再回去。」碧花夾一塊肉往阿昇的碗裡放。

「二姨，我想回家！我不在家，誰幫二哥洗澡？」阿昇的淚水在眼眶裡打轉。

「你二哥一天不洗澡又不會怎樣，你阿母正在氣頭上，現在回去又要被打，在二姨家睡一晚再回去。」

「可是……誰幫二哥洗澡？」阿昇哽咽地說。

看到阿昇這麼懂事，想到金線的苦，碧花不禁也掉下淚來。她摸摸阿昇的頭說：「你趕快吃，吃完讓二姨丈騎腳踏車送你回去。」

金線從外面回到家，聽到昏暗的浴室裡傳來兩兄弟嘻笑的聲音。阿昇熟練地幫老二脱掉衣服開始擦背，突發奇想地說：「二哥，我以後長大賺大錢，去買一塊很大很大的地，我們兄弟一起修行好不好？」老二傻笑地說：「好！還有……還有阿母！」表達不清的語意，顯出那分單純的想望。

靜靜佇立在一旁的金線聽到兄弟兩人的對話，淚光中望過去的小小浴室，好像已變成了阿昇口中那塊大大的土地，一家人無憂無慮地聚在一起，生活有著美麗的遠景。

然而，殘酷的現實不住逼壓，常常讓久浸在悲苦中的金線，情緒失去控制。

「阿母，二哥又爬去廟口了！」阿昇放學後，吃力地拖著老二笨重的身軀回家，無助地說。

「你怎麼有錢？」眼尖的金線，發現老二手上的零錢。

「那是因為……二哥躺在廟口睡，很多人路過就丟錢給他。」阿昇不敢看金線，低著頭回答。

「你做弟弟的是怎樣照顧二哥的？讓人將二哥當做乞丐在笑！」受損的自尊心與心疼孩子被看輕，讓金線的情緒再次爆發，拿起籐條就往阿昇身上打。知道母親心裡苦楚的阿昇不敢回應，任憑母親發洩心中的怨氣。

發洩過後，看著阿昇委屈的啜泣與老二的傻笑，金線武裝的冷漠堅毅外表瞬間潰堤，抱著五個孩子悲悲切切地大哭一場，將深藏久埋的無助與悲哀，毫無保留地釋放出來。就這樣日復一日，白天不斷上演的打罵與哭泣，夜裡的自怨自艾，占據了金線所有的生命。

一九七一年，阿昇因當兵無法再幫忙金線照顧老二，鄰居建議將老二送進救濟院。為了安排老二住進較好的救濟院，只好請家族中的長輩出面，與先生協調辦理「假離婚」。

「金線，妳不用煩惱！妳還是李家的人！只要一年，就讓妳重新回來設籍。」雖然長輩們一再地保證，但是在離婚協議書上蓋下印章的那一剎那，她清楚地知道，自己從此就不是「李太太」，先生是徹徹底底從她的生命中消失了。

一九七五年十二月，救濟院傳來老二因腸胃病併發敗血症去世的消息。阿昇趕到救濟院卻趕不上見二哥最後一面。拿著二哥留下來的遺物時，想到從小兩人相處的種種情景，阿昇放聲大哭，將長久以來內心累積的壓力與對二哥的懷念，一併宣洩出來。

老二的死對老大也是一大打擊，畢竟是親兄弟。雖然他的表達、反應能力不如一般正常人，但他知道母親背負著很大的重擔，所以在老二往生後，為了減輕母親的壓力，主動要求去臺北找父親，在父親安排下住進臺北的療養院；老四、老五因頭腦不靈光，只能到工廠做粗工來貼補家用。

退伍後的阿昇，清楚知道自己肩上的擔子，所以他去學做裝潢，非常努力工作。在金線與孩子們的用心下，一家人的生活慢慢有了起色。全家齊心打拚，在歸仁鄉貸款買了房子，阿昇也結婚生子，六十歲的金線在含飴弄孫之餘，四處拜佛、算命、改運、改名，尋求心靈上的平靜。

找回失落已久的自我

一九九〇年夏天，金線跟著歸仁善化寺的蓮友到花蓮遊玩，順道參觀慈濟靜思精舍。來到文物流通處，本想買一些當地特產麻糬回去送給親友，進門看到的卻都是證嚴上人的錄音帶與書籍。金線心想：「既然來了，當然要買一樣紀念品回去。」於是請購一套《藥師經》錄音帶回去。

在回臺南的火車上，金線望著無限延伸的鐵軌，往事一幕幕像走馬燈似地不斷在腦海裡放映，回想起當初離開花蓮時的艱辛與無助；三十年後的今天，飽受世味的她再次回到花蓮，眼前景象人事物全非，不由得一陣心酸。

回家後，金線翻箱倒櫃地翻出老舊的錄音機，將請購回來的《藥師經》錄音帶放入錄音機裡。

「你們大人做事都連累孩子，人家外面已經有了……都要出去，那怎麼辦？」錄音帶中傳來證嚴上人輕柔卻安穩的聲音。

「妳就四個換一個，妳四個孩子留下來，他要出去就讓他出去。」跪在地上一邊擦地板，一邊聽著證嚴上人講解《藥師經》的金線，聽到這裡不由得放慢了動作。

「啊！真的這麼簡單就能解決？師父，我真笨！我也可以五個換一個出去！」

被點醒的金線，恍若大夢初醒，整天窩在房間裡，淚眼婆娑地反覆咀嚼上人話中的含意。從此每天守在錄音機旁，貪心地吸收著上人的每一句話語。原本晦暗無光的心房，慢慢滲透出微光；被怨恨束縛得喘不過氣的人生，漸漸地有了呼吸的空間。

雖然上人年紀比她輕，金線卻覺得上人像她的父母般教她做人的道理。聽完整部《藥師經》，她發願要跟隨上人「做慈濟」。

「阿母，妳是缺錢用嗎？」看到母親彎腰撿拾垃圾，堆滿整個屋內，阿昇忍不住問。

「阿昇，這是慈濟在做的環保，以後我想做慈濟！」

「妳怎麼又來了！這次是不是又要改名或改運？到底要花多少錢？」

阿昇無奈地說。

「這次應該真的不一樣了！」金線喃喃自語地說。

積極參與慈濟工作的金線，在學習勸募與訪視中，找到失落已久的自我。尤其在訪視過程中，每次看到照顧戶艱困的生活，她總是分享自己如何一路走過坎坷人生路，以同理心贏得照顧戶的信賴與感恩。

一九九三年，六十三歲的黃金線受證為慈濟委員，法號慮扶。接到法號時，她才恍然大悟，原來這是上人給她的重任，要她在扶持自己之餘，還要去幫助別人、扶持眾生。想到自己跌跌撞撞的一生，一路走來雖然辛苦，卻受到很多人的幫忙，才能走到今天歡喜的境地。她發願要成為扶持苦難眾生的人，將上人法語印證在每一個人生的腳印上。

見證生命最佳代言

「兩位師姊，病房區昨晚送來一位喝鹽酸自殺的患者，可不可以請兩位去關懷一下？」社工對著站在一旁的陳金鳳與黃金線說。

金線與金鳳來到病房前，輕聲敲著門；等不到房內的回應，只好輕輕地打開房門。病床上的阿桃，冷漠地看著這兩位不請自來的慈濟志工。

「我幫妳倒水好嗎？」金鳳打破沉默，主動出擊。

待了整整一個下午，阿桃依然沒有任何回應。金鳳與金線互相鼓勵，決定明天繼續陪伴阿桃。就這樣連續陪伴兩天，阿桃冰凍的心逐漸軟化。

「我幫你梳梳頭，這樣精神看起來會比較好喔！」金鳳拿起梳子輕輕地梳理阿桃的頭髮。「心裡有什麼苦可以說出來給我們聽，這樣心比較不會受傷。」

阿桃生澀地開了口：「女人真不值得，為丈夫、孩子拚了一輩子，到頭來都是空。你們慈濟委員都是有錢人，不會懂得我心裡的苦，守了一輩子的家，先生外遇又丟了一堆債務給我和孩子，倒不如死了算了，像現在要死不死，心中更苦！」

「死了會比較快活嗎？」金線忍不住接了口：「死了以後，就沒人討債嗎？這是逃避的行為，妳可以不顧孩子就這樣去死嗎？」

看到阿桃的心慢慢平靜了下來，金線說出自己的故事：「我先生離開我和五個孩子已經三十多年，我年輕時也好幾次想死，想到孩子又有勇氣活了下來。更何況，我的孩子還是……」

聽完故事的阿桃心中非常震撼，無法將剛才聽到悲慘故事的主角與陽光般笑容的金線聯想在一起。眼淚像忘記關上的水龍頭，不斷地流下來，拉著金線的手一直道「感恩」。

一個個人生故事，不斷在醫院上演。金線一直分享自己的故事勉勵遇到挫折的人，膚慰著許多受創的心靈，讓他們有勇氣繼續走下去，也因為這分助人的喜悅，讓金線往返於花蓮與大林慈濟醫院，做一個快樂分享的醫院志工。

金線已經七十九歲，每天仍然精神奕奕地騎著摩托車，往臺南靜思堂廚房跑，幫忙煮飯煮菜，在這裡與很多人結下好緣，也得到很多法親的關懷。

一天下午，金線剛從靜思堂回來，阿昇一見到金線就開口說：「阿母，臺北那邊打電話來說阿爸身體已經不行了！」在金線的默許下，阿昇趕到臺北見父親最後一面，幫忙處理後事後，接回靈位回家祭拜。金線壓在心裡一輩子的石頭，直到這時才真正放下，不再有牽絆。

在上人輕輕一句「四個換一個」的智慧法語下，讓金線將對先生的愛恨嗔轉換為感恩的心。感恩這樣的因緣，成就她找到人生最終的依歸。孩子是金線這輩子最珍貴的寶貝，陪伴著她走過風風雨雨的一生；老五更是跟隨母親做慈濟的腳步，受證慈誠。

走在通往花蓮靜思精舍的小路上，了無罣礙的心讓金線的腳步變得輕鬆自在。放下糾結近半世紀的愛恨情仇，放下心中的怨懟與無奈，放下羈絆一生的小情小愛，金線終於擺脫命運的桎梏，邁開大步歡喜地走入人群，用歷盡滄桑的一生換來無量無邊的大愛世界。

孫麗惠◎一九四八年生於臺北縣。自幼家境清寒，父母無力撫養眾多子女，於是排行第八的她，三歲時即被領養，無奈養父母的生活環境同樣不佳。婚後雖然經濟大有改善，三名子女卻各有缺陷。一九九四年受證為慈濟委員，正如證嚴上人所賜的法號「慈泄」，彷彿是要她洗盡世間俗塵，去除內心的貪、瞋、癡，恰如她一路走來的人生。

化大礙為大愛

莊敏芳

病房的走廊上傳來陣陣嬰兒的哭聲，久久都無法停歇……

孫麗惠才三個月大的小女兒巧蕙，因唇顎裂的關係，進行了整型手術。開完刀後，麻醉藥效漸退，小孩受不了傷口的疼痛，哇哇大哭；麗惠看著女兒躺在病床上，虛弱的身軀，小臉被紗布覆蓋著，豆大般的淚珠從漲紅的臉龐滾落，看了很心疼。雖然不停安撫，但孩子的哭聲仍然很響亮，也引來隔壁病房的關切。

「孩子怎麼了？」一位出家師父心疼地看著孩子。麗惠將女兒的情形告訴他，師父說：「平日有時間可以誦念『觀世音菩薩』，或是行善布施也可以，多幫孩子積福德。」師父身旁的一位慈濟志工，也把行善的意義解釋給麗惠聽。

麗惠聽完，立刻從皮包掏出錢來，因為她覺得助人是一件好事，自己以前也是在窮困的家庭長大，想想過去，真是不堪回首……

養女的蛻變

由於家境清寒，簡陋的房子裡擠滿了一大群的小孩，父母根本無力撫養，只好將三歲的她，送人當養女；無奈養父母的生活同樣不好過，即使麗惠聰穎過人，也無法繼續升學。國小畢業後，為了貼補家用，她到成衣加工廠和電子廠工作，也做過餐廳的服務生，只要是賺錢的機會，無論什麼職務，她都願意做，一心一意要改善家中的經濟。

幾年過去，麗惠正值花樣年華，白皙的皮膚加上明亮的大眼睛，吸引許多男士的追求。她在二十三歲那年結婚，夫家經營製傘的工廠，家境很富裕。她唯一期盼的是趕快生兒育女，來填滿幸福的空缺。

盼了三年，麗惠終於懷了身孕，生下可愛的女兒。隔年又生了兒子，她以為從此以子為貴，可以無憂無慮，沒想到，為人母的喜悅沒有享受太久，兒子鴻祥便被診斷出有發育遲緩的現象，這樣的結果，讓她憂心不已。

先生的事業正值顛峰，一心希望孩子能夠進入貴族學校的幼稚園就讀，不惜花費大筆金錢。可是幼稚園老師交代的功課，兒子總是無法完成。為了協助孩子學習，麗惠請來了特殊教育的家庭老師，教導兒子識字、寫字；光是學寫自己的名字，就足足花了三個月的時間。但花再昂貴的學費，還是無法改善兒子的學習狀況。

大女兒瓊莉就讀美國學校，一年級時，也出現精神不集中、學習緩慢等障礙。她因為先天的聽力受損，導致學習意願低落，功課跟不上進度，加上生性害羞，內向不多話，總得不到老師的關愛和同學的友誼。

先生愛子心切，捨不得女兒受到傷害，頻頻轉學，想要找到更適合的學校；他絲毫不知道這種愛，根本無法讓子女的求學更順遂。學習環境一再改變，孩子就得不斷適應新環境，相對地，學習成效也無法達到父母的期望。

兩個孩子已經夠麻煩了，連老三也來湊熱鬧，她不但有嚴重的先天性唇顎裂症狀，連鼻子的外觀也有缺陷。為了重整臉部的美觀，小女兒巧蕙一出生就不斷接受手術，取部分耳骨和肋骨來進行鼻梁的重建。手術後的椎心之痛，一路伴著她成長，如影隨形。

因為顏面上的缺陷，巧蕙很自卑，在學校受到同儕的排擠、嘲笑，日子久了，她也和姊姊一樣，很孤單、沒有知心朋友；所有的委屈、苦楚，

孫麗惠參加靜思語書畫班研習，正聚精會神彩繪國畫。

2004年夏天孫麗惠於興建中的桃園靜思堂參與義賣（上圖）。1989年孫麗惠與家人到花東海岸旅遊留影（右圖）。

唯有回到媽媽的懷裡，才能獲得安慰。

不敢面對的痛

麗惠看似幸福美滿的婚姻，在孩子一個個出生後，逐漸破碎。所有人對三個孩子的關懷，聽在她的耳裡，都化成嘲笑和諷刺。她不願相信發生在孩子身上的事，但一切卻又真實得讓人無法閃躲，她好恨、好無助，「為什麼老天爺連我的第三個小孩也不放過？」

先生每天忙著公司的業務，忽略對麗惠母子的關懷，雖然深愛著這個家，但孩子的缺陷是他生命中不可碰觸的痛，不管何時何地都不願意提及小孩的問題。先生消極的態度，也間接衝擊到麗惠的心情，她害怕面對外人看待孩子的眼神，於是用逃避來回應周遭的一切。

面對種種不順遂，麗惠怨嘆老天爺不公平，恨自己的命不好，甚至沉迷賭博，想藉此逃避。剛開始，感覺似乎有用，牌桌上沒人會用異樣的眼光透視她和孩子的一切，但日子一久，問題仍在，不但不能解決，反而加深痛苦。在夜深人靜的時候，她躲在棉被裡流淚，「孩子是無辜的啊！」她不得不選擇勇敢面對。表面上的堅強她可以偽裝，但心靈的痛苦卻騙不了自己。

三個孩子的成長一路跌跌撞撞，先生的事業卻蒸蒸日上，他們經常舉家出國旅行，足跡行遍世界各地。一萬美金的貂皮大衣、四克拉的鑽戒，麗惠毫不猶豫就買下；吃盡山珍海味，穿戴一身名牌，但她仍舊不快樂。

一九八五年的秋天，好友王麗花邀請她到花蓮的靜思精舍參訪。她對慈濟完全不了解，對於被好友形容為「既慈悲又有智慧」的出家師父倒是很好奇。到了精舍，看到麗花心目中「偉大」的師父竟是如此瘦弱，和原先預期的模樣相差甚遠，她好震驚。

在知道師父要為花蓮後山的民眾蓋醫院，而且精舍師父們秉持「一日不做，一日不食」的精神時，更深受感動。麗惠突然憶起困苦的童年，想到逝世多年的養父母，內心的委屈彷彿找到出口，她傷心得淚流滿面。

經由麗花的介紹，她後來認識了慈濟委員靜瑛師姊，開始參與慈濟活動。有一回，麗惠陪著公公、婆婆和小姑，到花蓮慈濟醫院參觀院內的建設。很巧合地，她在靜思精舍見到了證嚴上人，她便將心中的苦悶向上人傾訴：「我兒子的智商不好，先生一直耿耿於懷，不能接受，更不同意把他送到啟智學校受教育……」一連串的苦惱，她不知該如何是好？

上人鼓勵她「要想開，能放下就沒了罣礙，心裡才不會覺得苦，孩子各有因緣，只要乖就好，一切不要強求。」這一番話，似乎敲醒了她的心靈，反覆咀嚼數日以後，麗惠試著放下壓在心上的巨石，重新調整心態，跟著靜瑛認真做慈濟。

繁華落盡做慈濟

參與慈濟後，看到許多貧病家庭的苦，她才發現自己有多幸福。為了籌募慈濟醫院的建設經費，響應證嚴上人「用金塊換磚塊」的呼籲，她把自己的金飾、珠寶逐一捐出來義賣。她常這麼告訴朋友：「我以前花在吃、穿的費用，比這些多很多呢！」

一九九八年間一個偶然的機緣下，夫妻倆做起了天珠買賣的生意，當時市場上正掀起一股天珠的熱潮，雖然先生看好這個高利潤的行業，但是麗惠的內心早已不再戀棧財富，更沒有一點賺大錢的貪念，反而想平凡度日。在一次的活動中，她將手邊的天珠捐出來義賣。有人好奇地問她，會不會不捨？她淡淡地說：「一點也不會心疼，只要發揮在有用的地方就值得了。」

九二一大地震後，慈濟到南投縣的災區協助興建組合屋，麗惠承擔煮熱食的工作。兒子也跟著她到災區，參與大成國中的重建工程，在工地裡幫忙扛水泥、運送磚塊、綁鐵條等工作。母子兩人在災區待了長達六個月的時間，體驗了不一樣的人生。

隨著兒女漸漸長大，也各自學會獨立，大女兒瓊莉已經結婚，兒子和小女兒則在淡水經營小生意。兒子會使用悠遊卡搭乘捷運、轉搭公車，也能自理三餐和日常所需，有空時，也和慈濟志工一起做環保回收工作，他能有這樣的表現，麗惠已經很滿足了。做慈濟之餘，她還拜師學習國畫，將畫作四處送人結好緣，有時畫作還可以參加義賣，發揮更大的功能。

麗惠早已看盡人生百態，近年來雖為心臟病、糖尿病所苦，不時得進出醫院，但並未因此淡出慈濟的活動，反而利用到臺北慈濟醫院看病的時間，當起了醫療志工，關心其他病人及家屬；有時也在大廳獻唱，以歌聲紓解病人及家屬緊張煩悶的心情。只要有機會參與香積工作，她還會秀一秀拿手的招牌「香Q雪餅」。只要有她在，廚房裡頭一定是陣陣的奶香味，印著Hello Kitty圖案的鬆餅，隨著香氣四處飄散，彷佛正向大家招手！

洪華容 ◎一九五六年出生於高雄市，一九九六年移民溫哥華，一年後參與慈濟，二〇〇二年受證成為慈濟委員。二〇〇五年七月，因為小兒子泰儀的一場病，他們重回臺灣，到花蓮慈濟醫院接受治療；次年十二月兒子不敵病魔摧殘而往生，自此她的人生如同跌入幽谷，一度悲不可抑，痛苦難熬……

以病為道場

梁玉燕

二〇〇六年的耶誕節，洪華容面對她從沒想過的事——「喪子」，她沒做好修習這門「人生學分」的準備；二〇〇七年中秋節，華容選擇從加拿大的西岸搬遷到東岸，再次跨步前行，要為已經往生的兒子，一圓未了的「慈青夢」……

她的小兒子吳泰儀最後還是走了。後事辦妥後，洪華容回到離開一年多的僑居地。當她再次出現在慈濟加拿大分會時，削瘦的雙頰和隨時奪眶而出的眼淚，令人看了心疼；若不是無常的捉弄，她給人的印象，應是一張親切可掬的笑顏。

前塵往事　處處有愛

見她迎面而來，幾位志工趨前緊緊擁抱她，輕輕的啜泣聲，是這位母親心碎無助的低語。志工拉來一張椅子，讓華容坐下，靜靜地聽她釋放思念孩子的心聲；一年又七個月，那是一段痛苦的煎熬，也是泰儀罹患淋巴癌，與死神拔河的漫漫歲月。

泰儀是加拿大「慈濟青年聯誼會」（簡稱慈青）的一員，個性活潑、開朗。突遭病魔襲擊，如晴天霹靂，讓吳家的生活亂了步調，他們選擇回到臺灣花蓮慈濟醫院就診，從此以醫院為家。

一次次的化療，隨著泰儀的病況起伏不定，華容的心情也跟著動盪難安；不忍愛兒飽受病痛折磨，當媽媽的卻一點辦法也沒有，憔悴、無奈，寫滿華容的臉龐。

年少時期的泰儀患有氣喘病，疼子心切的華容，為了尋覓一個適合孩子健康成長的環境，舉家移居加拿大的溫哥華。就讀九年級（高一）下學期時，因為學生都要有志工服務時數，泰儀便選擇到素里市的敬思老人院服務。

原本只是抱持應付的心態，沒想到服務滿十週、達四十個小時後，他居然愛上這一份助人的工作；在母親的陪伴下，和哥哥承儒接連參加社區慈青的家庭聚會，從中激發他策劃、主持、表演的潛能。受證慈青承擔幹部以後，泰儀更活躍了，無論是分享環保理念、演繹手語劇、帶領大溫哥華慈青生活營營隊等等，都表現得可圈可點，直到健康出現了警訊。

那是念大二時的暑假，在七月天的一個星期五晚上，泰儀和往常一樣，邊觀賞電視長片，邊做著仰臥起坐，一切再普通不過了。隔天早上，

洪華容處理好愛子泰儀的後事後，流連於泰儀的房間，睹物思人（上圖）。洪華容（右）目前擔任慈濟多倫多支會培訓幹事（左圖）。

洪華容於加西慈濟素里人文學校指導花藝。

他告訴華容，覺得自己的肚子總是怪怪的，很不舒服。於是，華容帶他去看家庭醫師，醫師開了腸胃藥給他吃，母子倆希望這只是一般腸胃方面的疾病而已，可是兩天過後，情況未見好轉。

心疼孩子的華容，試圖以推拿減緩泰儀的腹痛，卻在無意間撫觸到他如拳頭大的硬塊，當下，從事過六年護理工作的華容，心裡暗覺不妙，隨即找旅行社安排劃位，說服泰儀趁著暑假有兩個月的休養期，一定要趕緊回臺灣檢查。

向來樂觀、理性的華容，以多年的護理經驗，判斷這症狀非同小可，雖然腦海閃過「糟糕！怎會這樣？」的念頭，但是很快地便被上人的法語所取代：碰到境界時，要顧好自己的心念，把身體交給醫生，把心交給佛菩薩。她隨即做了盤算，在一週內快速安頓好原本承擔的慈濟任務和家務事，匆匆飛返臺灣。

突來的考驗令華容措手不及，陷入難過與困頓是必然的反應，但那只能是默默自我承受，暗暗在內心折磨著。尤其回到臺灣時，當醫師宣判病情時，面對一再自責的另一半，縱使煎熬，華容也不敢把脆弱的一面表現出來。

「怎麼會這樣？我們又沒有做虧心事！老天爺怎麼會這樣處罰我，把我過敏性體質遺傳給孩子？」相較於先生無法接受事實的埋怨和無助，華容沒有跟著附和，只是更堅強地把上人的法服膺於心，告訴自己要用正念不斷地祝福孩子：「一定會沒事的，一定會有奇蹟出現，泰儀一定會好起來！」

二〇〇五年，母子兩人在移民九年之後重新踏上故鄉的土地，華容夫妻和泰儀多次進出花蓮慈濟醫院。次年初，因為腫瘤壓迫到腸胃道，泰儀無法進食。腸造口護理師吳麗月，從泰儀口中得知他非常想念披薩的味道，有一天，果真叫人送來一個大披薩，她說：「來！你可以先解解饞，嚼一嚼，再吐掉。」

吳麗月的貼心還不只如此，她無償提供家裡的空房間當華容的臨時住所長達三個月的時間，讓她有個「家」放鬆心情，也可以洗衣服、煮熱食。

在骨髓移植室，華容同樣遇到好心人。從美國回國的劉鏡鏘師兄和妻子，知道泰儀的病情後，除了問候外，甚至熱心提出邀請：「我們就住慈濟大學對面，歡迎妳隨時到我家來，食物要加熱、要洗衣、要休息，方便得很！」說罷，便領著華容到他家去，不但介紹居家環境，也馬上把家裡的鑰匙給了她。華容與他們夫妻倆素昧平生，這分關愛令她有些不知所措；她紅了眼眶，把鑰匙緊緊地握在手心，頻頻道感恩。

吞忍病痛　化身志工

泰儀的病情始終沒有好轉，但他一直表現得很堅強，雖然療程一再往後延，化療、手術、藥物、配對，每一道都是難過的關卡，他都一一挺過來了。做化療時期很辛苦，但他的求生意志極強，堅持每天要繞著電梯間徒步二、三十分鐘，維持體力。與大愛臺記者聊天時，僅受完臺灣五年國小教育的他，還能侃侃談到中國歷史人物，讓人留下能言善道的印象。

在反覆的治療中，即使是個年輕人，身心也是備受折磨。證嚴上人曾形容泰儀是個陽光青年，病體陷在痛苦不堪的深淵中，仍然笑容滿面。要是他的病情穩定，不用被隔離的時候，就會跟著護士依餐車上的號碼，在病房區送晚餐，一隻手打著點滴，他就用另一隻手替病人服務，過過當醫療志工的癮。

正當泰儀接受化療一段時間後，效果甚佳，所有人都為他歡喜之餘，花蓮慈院病房裡恰好有一位從加拿大回來治療的年輕孩子，這孩子很得父母寵愛，行為卻很令父母傷心，不但吸毒成癮，傷害了自身健康，全身無法動彈。當時泰儀也走入那個吸毒年輕人的病房，與他互動，以親身經驗輔導他。

泰儀深刻感受到當身體失去健康，最操煩的莫過於父母，這時更能體會行善行孝要及時的道理。儘管病痛難當，孝順的他怕媽媽擔心，百般忍耐，只有在醫師查房問診時，才肯老實吐露疼痛指數。

有一天，泰儀在無菌室準備接受幹細胞移植。其實，家屬只要穿上隔離衣，就能進去探望。當華容得知有兩位比泰儀年少的病患也在病房裡，為了維護他們的健康，以前也從事護士工作的她只好割愛，透過通話系統告訴泰儀：「媽媽不能進去，你如果害怕，就把還茵阿姨當媽媽依靠吧！」無助的泰儀不再偽裝堅強，緊緊抱著呂還茵護理師，任由淚水漫溢，嚎啕大哭。那是他發病以來，僅有的一次哭聲。

華容知道泰儀的身體很痛，要他堅強、忍耐，真的不舒服無法承受時，就得打止痛藥。泰儀表現出來的勇敢，媽媽疼在心裡，但有時他又很幽默。有一回，加拿大的慈愉師姊帶了兩杯咖啡來探視，不能進食的泰儀調皮地問：「師姑多買的這杯是要給我的嗎？我想用來漱漱口。」隨後，他又說：「真要喝下咖啡那怎麼行？我已經打了很多止痛藥，如果我走在街上，遇到警察來驗尿，會以為我是吃了禁藥……」登時聽得大家都笑了起來。

「我感恩大家，感恩所有的人，更要感恩師公上人來看我。」只要有人來探望，母子倆都是滿懷感恩，尤其是泰儀，總不忘把上人來看他這件事與大家分享。在溫哥華，泰儀是個很有人緣的慈青，回到花蓮，依然有無數夥伴的愛圍繞身邊。有趣的是這群大孩子總會在課餘，由醫療志業發展處曾慶方師姊帶領結伴前往探望，本來要教這位「僑生」手語，露了幾手、彼此過招之後，才發現他的手語比得呱呱叫，都可以當大家的老師了。

做幹細胞移植時，慈濟大學的慈青準備了畫著各式各樣的泰迪熊、趴趴熊的大型海報，貼在透明玻璃窗上，鼓勵泰儀；甚至在外面唱歌，藉著肢體語言為他加油。母親節來臨，他們拎著蛋糕到病房給華容，說是要替泰儀盡心意，「您辛苦了，要加油喔！」

兒子一次次接受手術，華容的心也像一寸寸被撕裂一樣難受。她總是把希望寄託在更先進的醫療技術上，一得空，便專心誦讀《普門品》、《藥師經》……這是她唯一可以為孩子做的事，更期待曙光會出現。

捨身菩薩　成就大願

上人在志工早會時提到泰儀，從發病以來，皆顯現堅強、開朗的心性，教人疼惜。

「上星期聽說他已病危，住在加護病房，我去看他。他因為氣切插管無法言語，便向我比手勢，比比自己的心，表示一切ＯＫ，他準備好了。儘管病到這般程度，他的道心還是很堅強，立信、立願、立誠、立德，念純心寬，心靈相通。」上人慈示，泰儀在過去生寫下了這樣的劇本，但是此生接觸了慈濟，便懂得以病為道場，用歡喜心接受病痛與生命的消逝……

耶誕節那天，泰儀的病情急轉直下，終究撒手人寰。惠美、寶彩和蘇足師姊陪同靜思精舍德勸師父一行人來探望華容，並且關懷問道：「要不要考慮捐大體？」這道難題考驗著華容，上人親自為她開示的話語也在腦際響起，「即使生命短暫，但一生都在修行，慧命將持續成長；等待另一段因緣成熟，再踏上菩薩道……」華容不斷問自己：「到底我要怎麼做才好？」

這一切大兒子承儒看在眼裡，也有了不同於以往的想法。「媽，以弟弟愛追根究柢的個性，他一定想知道自己到底得的是什麼病，何況他喜歡幫助人，肯定不希望再有同樣的遭遇，發生在別人身上。」

承儒的一席話，提醒了心思慌亂的父母，馬上下了決定。華容和先生吳偕燭決定成就孩子成為一名「捨身菩薩」，在返臺參加營隊的加拿大慈青和醫護人員一同助念下，在佛號聲中，將泰儀的遺體捐出，進行病理解剖。

在花蓮靜思堂外面的長廊上，華容再也忍不住，一個人蹲在角落放聲痛哭，明知道與孩子的世間緣分已盡，但心裡還是萬般捨不得。

回到溫哥華以後，她把泰儀的慈青識別證放入自己的慈濟委員識別證裡面，她要在做慈濟時，也帶著泰儀一起做。此後，在社區及分會，她的身影出現得更加頻繁；每當舉辦活動需要人力時，不論是茶道、花道、布置、志工站……華容總是全力配合。

加拿大分會經常舉辦營隊，擅於插花的她，除了肩負起裝置藝術等美化工程，也配合夥伴為學員準備茶水、點心；培訓課的醫療志業系列需要「生命教育」的講師，她也義不容辭，勇敢地上臺分享泰儀罹患淋巴癌的治療過程，到最後不幸往生的心路歷程。

她外表看似堅強，其實經常悄悄隱身在會場的一角暗自啜泣，因為這裡的一景一物，處處都有泰儀的身影，她難免觸景傷情。

四月清明節時，在「祭祖追思會」的舞臺上演《跪羊圖》舞臺劇，她思及幾年前，曾與泰儀合演過《父母恩重難報經》音樂手語劇，如今母子離散，難掩悲戚，頓時淚如雨下；加拿大分會與全球同步舉行「佛誕日・母親節・慈濟日」聯合慶典，一連串親子遊戲，同享天倫的歡樂笑語處處可聞，完成布置任務的華容，默默避開一幕幕母子同歡的溫馨場面，獨自躲到暗處掩面痛哭。

當畢業學子揚帆待發的季節到來，慈濟素里人文學校畢業典禮當天，不少父子、母女攜手參加，場面熱鬧滾滾。觀賞慈青的手語表演時，讓華容又開啟了記憶的匣子；相同的舞臺，愛兒表演的模樣歷歷在目，想到這裡，又一次敵不過內心脆弱的吶喊，淚水再度決堤。

一念心轉 幸福滿滿

在溫哥華，除了慈濟事之外，素里的家就是華容和偕燭的全部活動空間。華容看著走不出喪子陰影的偕燭常眉頭深鎖，眼睛不時浮出薄霧，除了偶爾受邀當志工，幾乎足不出戶，她深深不捨也無奈。

曾淑珍和覃凱苓師姊擔心華容夜裡失眠，會胡思亂想，不畏路途遙遠，特地開車過來「陪睡」；慈青們看到華容在活動場合出現，總會自動靠攏過來，摟摟她、安慰她，甚至獻上康乃馨，為她拭去淚水。

幾個月以來，慈濟志工積極邀她參與會議，請她貢獻所長，要她分享生命故事……無非希望她能夠走出家門，打開心房。

「如果泰儀還在人世的話，他現在應該是……」縱然在華容的心中，清楚地知道孩子已經走了三個季節了，但她思子心切，每天清晨依然會在泰儀的寢室裡點一盞燈，對著遺照說話，彷彿他還健在一樣。

直到有一天，一個不同的念頭突然閃過，「我還有承儒啊！」理智告訴華容，不能老是浸淫在哀傷的情緒裡，「這樣對遠在多倫多的承儒是很不公平的，他還只是個大學生，也需要父母的呵護關懷啊！」

於是，華容夫婦動身，飛往東岸多倫多，看兒子、找房子，決定在那裡覓一處安身立命的家。

回到溫哥華，他們賣掉素里的房子，處理一切善後。搬家前夕，大溫哥華地區的慈濟志工，用最具體的行動為她送行。由許心圓、鄭俊儀號召近十位男眾志工登門協助，打包物品、搬運家具，合力將一件件家具，堆疊到租借來的大型貨車上。華容在志工們的祝福下，離開溫哥華，前往東岸多倫多，展開另一段新生活。

華容的心情如塵埃落定，偕燭則是漸入佳境，天天忙進忙出，為住家進行修繕隔間工作，在空出一個小房間紀念泰儀的同時，也計畫騰出一樓客廳，提供多倫多慈青作為活動場所，接引慈濟的新生代。

華容和先生帶著眾人的祝福，要為愛子一圓未了的慈青夢！

【附錄】

一輩子的約定

文／陳勵瑩（加拿大慈青二〇〇六年十二月二十五日參加泰儀追思會感言）

魚看著水晶球
他，
有個夢
想要飛。
今天是二〇〇六年的耶誕節，
魚缸的玻璃透明了。

空間，
沒了束縛，
魚
飄
起
往落地窗的方向飛去。
像是期待著，
雨後天晴的
彩虹天空。

這次營隊有很多的第一次。
第一次沒有怨言而很慶幸可以參加；
第一次參加了告別式；

第一次在短時間內流了最多的眼淚；
第一次體會到行善和行孝不能等；
第一次真正地確立了人生的方向。

回想起跟Terry（泰儀）的認識也有七、八年了吧！
從一起當學員到當區裡的幹部。
他，
總是笑笑的帶著陽光給大家。
就連他的冷笑話，也會讓人冷到發笑。

這是我一生中第一次面對的生離死別，
告別式那天，我負責攝影的工作，為整個過程做記錄。

看到華容媽的憔悴，吳師伯的欲哭無淚，及年歲不小的外婆 無力地頻頻拭淚。

我邊念著佛號，邊哭邊發抖拍著整個過程。

眼淚，

模糊了我的視線。

那一刻，我不忍按下每一次快門。

在等靈車到來時，我嚷嚷著像個小孩似地吵著說：「我不拍了！我不想拍了。」

眼淚拚命地掉，

我，

無法控制。

同行的夥伴安慰著我說：「好！好！乖，我們不拍不拍。」

但是想著我有使命替Terry（泰儀）為他的生命做好最後的記錄，
擦著淚，看到有好的鏡頭還是衝去拍了。

從鏡頭裡，
看到了大家的不捨，
但也看到了大家臉上的那分堅定，那分要代替Terry（泰儀）繼續完成
使命的心。

Terry（泰儀）
你知道嗎？
因為你，
讓我們上了寶貴的一課
都成長了不少。

Santa說：「you were a good boy this year.」
所以在耶誕節的這天，
他選擇帶著你，
要去把幸福 歡樂帶給大家。

今後在每年的聖誕，
Terry（泰儀），
我們會記得跟你有過的約定。
那一輩子的約定。

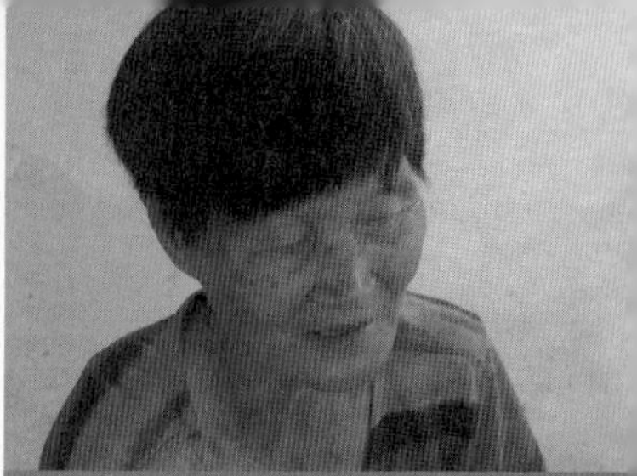

陳余淑女 ◎一九三四年生，臺南縣人。婚後與先生在臺南縣關廟鄉的磚仔窯工作，育有兩子兩女。先生於二十年前因意外往生，患有小兒痲痺的長女已出嫁，二女兒嗜賭如命，不知去向。原以為尚有兩個兒子可以倚靠，沒想到晚年，卻遭遇突來的打擊，讓她幾乎無法承受，所幸一路有貴人相助。

堆砌人生的希望

陳爝娟

一九九八年七月，「鈴——鈴——」一聲聲急促的電話鈴響，劃破了午後的靜謐。

「喂！」好夢正酣的陳余淑女拿起電話，慵懶的聲音透露出被吵醒的無奈。

「淑女，妳小兒子替人作保，向地下錢莊借錢，現在『跑路』了，會錢妳要負責還！」電話那頭傳來朋友緊繃的聲音，讓尚未完全清醒的淑女，一時之間無法作出任何回應。

不幸接二連三

「妳說的是我的小兒子嗎？我怎麼都不知道？」等到淑女回過神來，意識到事情的嚴重，緊張地向朋友再三確認。

「哪有可能？哪有可能？……」淑女癱坐在地上，不知所措地拿著電話喃喃自語。「為什麼？……」一連串的疑問，擾亂著根本來不及反應的思緒。

她趕緊打電話向小兒子求證，但家裡無人接聽，一聲聲的電話鈴響如擂鼓般撞擊著慌亂的心，更加深心中的疑慮。放下電話，匆忙忙趕到小兒子家察看，不料，早已人去樓空，散落一地的凌亂物品，訴說著主人離開時的倉促。

淑女怎樣也沒想到，小兒子因無法還債，會帶著妻小連夜離開，從此音訊杳然。留給她的是一大筆債務與一個智能障礙又患有軟骨症的孫女。面對小兒子留下的爛攤子，她突然懷念起大兒子的善解人意。四個月前，他從桃園回來，特地請淑女吃飯，憶起那天母子兩人的獨處，淑女臉上的淚水乾了又濕，濕了又乾，整個人幾乎要虛脫了。

「阿母，這是我們母子第一次出來外面吃飯，跟您吃這頓飯真好！您一定要好好保重自己的身體，好不好？」大兒子語帶感性地對淑女說。

言猶在耳，過沒多久，竟傳來了大兒子因癌症往生，大媳婦帶著五個子女不知去向的消息。面對突如其來的噩耗，淑女原本平靜的心湖掀起了洶湧波濤。每次想起第一次也是最後一次與大兒子聚餐的情景，心中總是澎湃不已。

失去愛子讓淑女哭到斷腸。傷心的時候，只要想到大兒子臨走前的殷殷叮嚀：「阿母，您要記得保重身體！」她便擦乾眼淚不再哭泣，再加上兒孫們貼心的陪伴，她知道自己不能再讓家人擔心，才強打起精神，慢慢走出悲傷。

大兒子撒手人寰，原以為還有小兒子可以倚靠，沒想到間隔不到四個月，小兒子也出事了，天倫之樂成為淑女最奢侈的想望。小兒子留下的龐大債務像迎面而來的滔天巨浪，六十四歲的她幾乎滅頂。

欠債走投無路

那時，她全身上下只剩兩百五十元，尚未來得及思考下一步該怎麼走時，多方的債主已怒氣沖天地找上門。

「砰！砰！砰！」

「有人在家嗎？」

「像縮頭烏龜躲著就能不用還錢嗎？」

門外不時傳來不堪入耳的辱罵聲，淑女緊緊地抱著孫女瑟縮在屋內

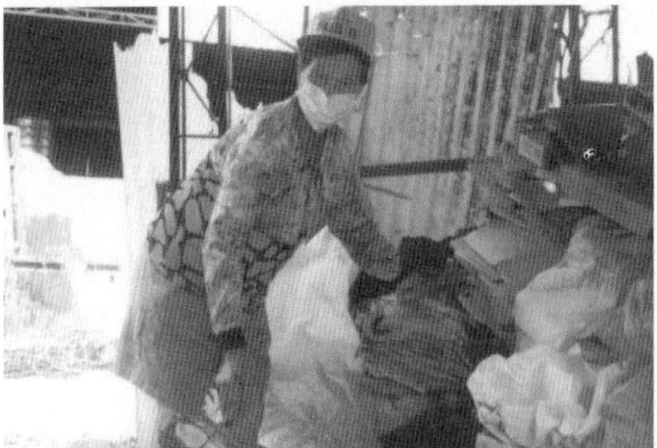

祖孫倆相依相憐的情感，是陳余淑女的生活重心與拚命工作的原動力（上圖）。陳余淑女在工寮旁設置一個資源回收站，工作之餘，做環保是她生活的重心（左圖）。

1999年4月，就在陳余淑女不知未來的路如何走下去時，慈濟志工帶著希望走進她的生命裡。

的角落，怕得連大氣都不敢吭一聲。只有在夜深人靜時，才敢稍微放鬆心情，吃著鄰居偷偷送來的食物。

黎明來臨是她害怕的開始，如影隨形的債主逼得她幾近崩潰，於是決定帶著孫女遠離居住多年的臺南縣新化鎮。為了逃避債主一連串惡聲惡氣的追討，淑女像驚弓之鳥，一點點風吹草動，馬上揹著孫女離開住處，四處投靠親友，每天過著擔心受怕的日子。因年事已高，無法找到固定的工作，只能靠著打零工，有一餐沒一餐地過活。

就在淑女居無定所，走投無路的時候，昔日先生在關廟磚仔窯工作的董老闆，從同事口中得知她的處境後，慨然伸出援手，免費提供窯內已荒廢的工寮給祖孫兩人居住，並請淑女回窯廠工作。

「開門啦！妳以為跑到關廟躲起來，就可以不用還錢嗎？」打聽到淑女的住處，債主緊追而來，在工寮前面大聲嚷嚷，淑女嚇得不敢開門，震天價響的拍門聲最後驚動了董老闆。

「我先替妳把會錢還清，以後再從薪水扣，這樣妳比較能安心做事，好不好？」董老闆對著一臉愁苦的淑女提出建議。

淑女啞口無言。怎麼也想不到，老闆竟會如此真誠，感動的淚水撲簌而下，模糊了視線，她情緒激動到無法言語。因著董老闆雪中送炭的愛心，她才能免受四處逃債之苦，終於有了暫時安歇的地方。

工寮雖然破舊，但有老闆、老同事和鄰居不時的探望和關心，一下子搬來舊家電，一下子端來熱騰騰的麵或白飯，並且隨時協助補充生活物資，讓淑女在歷經人生大轉變後，感受到人間滿滿的愛。

沉重的負擔

孫女因軟骨症無法站立，也不能吞嚥固體食物，從三個月大開始即由淑女照顧，到現在十七歲了，阿嬤的肩、背始終是孫女最安心的依靠。在那段躲債的日子裡，靠著彼此擁抱、相互安慰的力量，淑女才有勇氣堅強地活下去。

祖孫倆同時遭到遺棄，孫女因智能不足，無法完整表達心中的想法，但單純的眼神中，似乎知道她的世界裡只剩下阿嬤可以依靠。兩人相依相憐的情感，是淑女的生活重心與拚命工作的原動力。

孫女癱瘓的身軀，對瘦弱的淑女來說，雖然沉重，但到底還是個揹得起的重量，但是奶粉、尿布……日常用品的花費，卻是個沉重的負擔。那時的磚窯業已經漸漸沒落，工作量不多，再加上照顧孫女的緣故，使她無法專心工作。每個月的收入僅僅五、六千元，一筆筆的開銷將她壓得喘不過氣來，人生看不到未來的希望。

有一天，她揹著孫女到浴室準備洗澡，一個重心不穩，「砰！」的一聲巨響，祖孫兩人跌坐在浴室地板上，濕淋淋的一身，她費盡力氣，卻怎樣也爬不起來。

「阿妹啊！阿嬤要是死了，妳要怎麼辦？」淑女望著傻笑的孫女傷心地說。想到兩人悲慘的命運，不禁悲從中來，多年來的辛酸化成淚水，藉著潰堤的情緒缺口，奔瀉而出。

「阿嬤乖！不哭！乖乖！」阿妹似懂非懂地想擦乾阿嬤臉上的淚水，止不住的淚水經由指尖的觸摸，傳遞了淑女內心最深切的無助與悲哀，阿妹跟著掉下淚來。祖孫倆抱頭痛哭，窄小、昏暗的浴室裡，瀰漫著一股濃得化不開的悲戚。

人生重見曙光

一九九九年四月，就在淑女精疲力盡，不知如何繼續走下去的時候，慈濟志工帶著希望走進她的生命裡。

在了解淑女的生活狀況後，慈濟基金會除了經濟上的補助外，也著手整修破舊、漏雨的住處，並進一步說服她將孫女送往安養機構。

「為了將來設想，妳一定要這麼做，因為那裡有比較好的設備，有專業的人員可以照顧她一輩子，也可以減輕妳的負擔，專心工作還債。」慈濟志工蘇秀里撫摸著淑女粗糙的雙手，不斷地勸慰著。

「她是我心頭的一塊肉啊！」淑女紅著眼眶看著阿妹說。

「就是因為這樣，妳更要捨得。」

為了安她的心，慈濟志工陪著祖孫兩人走訪臺南縣市多家安養機構，直到孫女開口說：「阿嬤，這間好，我喜歡！」淑女才下定決心，將孫女送到官田永靖療養院。每個月的安養費用由淑女的老人生活津貼及慈濟的補助來支付。

一切安頓好之後，看不到孫女無邪的笑容，她頓失生活重心，變得無所適從。每次想到多舛的命運與乖巧無辜的孫女，淚水總是克制不住，常在工作的時候偷偷地哭，夜深人靜時更是哭得輾轉難眠。

這件事被蘇秀里知道了，便積極安排淑女參加慈濟感恩戶發放、聯誼會等等活動。每一個活動，她都可以聽到有苦有悲的真實故事。

「在我最困難的時候，妻子幾乎發瘋，看到人就打，母親生病、孩子又小，自己的身體又不能作主，生活過不下去，當時真想自殺，一了百了！還好，後來遇到慈濟，遇到生命中的貴人……」淑女在一次的發放現場，認識了同樣受到慈濟幫助的黃先生，他談起過去的艱辛歲月。

每次參加慈濟活動之後，淑女總會高興地與同事分享聽來的故事及「靜思語」。一句句簡單卻深具意義的「靜思語」，逐漸修補了她千瘡百孔的心。遇到有事情無法解決時，淑女會堅定地告訴自己：「做就對了！」

打開心結

在志工的邀約下，淑女搭上「慈濟列車」，來到花蓮靜思精舍參訪。看到精舍師父們過著儉樸的生活，心中非常感佩。

在回家的路上，聽到一位師兄分享，說起生意失敗和罹患癌症時的種種，走到人生的最苦處，卻只有一句「吃苦了苦」簡單帶過他當時的心境，臉上的笑容燦爛，完全看不出歷經磨難。

這句話如一劑強心針，令她心境豁然清明，幡然醒悟自己是在「了苦」。曾經怨嘆自己是世上最命苦的人，如今才知道人世間的苦何其多，她突然感恩起老天爺給她「了苦」的機會。

一幕幕不堪回首的往事不斷地在淑女的腦海中出現，望著窗外，她堅定地告訴自己：「我這輩子已經夠苦了，不要再欠別人的債，不要留到下輩子再還。只要有能力，我要將所欠的錢還清，也要『吃苦了苦』。將來若有機會，還要像慈濟人一樣，幫助別人。」

隔沒多久，淑女向蘇秀里提出想繳交功德款，成為慈濟會員的想法。自從確定了新的生活目標，她開始拚命賺錢，努力存錢，將老闆代墊的會錢慢慢償還，身上終於再無債務纏身了。

二〇〇四年八月，淑女主動向每個月來探視的慈濟志工要求停止補助。安養中心的院長每個月都會帶著阿妹回來看她，看到阿妹比以前懂事、乖巧，她才真正放下心中的牽掛。

找到心靈的春天

儘管不再給予金錢上的幫助，但慈濟志工關懷的腳步卻從未停歇。黃銀修師姊鼓勵她利用下班後的空檔，沿路撿拾寶特瓶與紙張等等回收物，希望淑女能走出磚仔窯的世界，接觸人群。漸漸地，她走入慈濟環保站，在環保站認識了許多志同道合的志工，從此心靈有了寄託，日子不再過得孤寂。

現在，淑女每天凌晨三、四點出門，騎著車四處撿拾回收物品，她在工寮旁設置一個資源回收站，教導同事如何做資源回收分類。工作之餘，「環保」已經成為她的生活重心。

許久不見的笑容，不知何時重回淑女布滿皺紋的臉龐；緊皺的眉頭，早已悄悄舒展開來。從淚眼婆娑到眉開眼笑，淑女的轉變及慈濟志工一路的陪伴，讓一直默默關心她的老闆及同事們看了很感動。不久後，他們也都成為慈濟的會員，大家一起捐錢做善事。

不上班的時候，她總是忙著勸募，時時歡喜地與人分享做環保的快樂。偶爾，遠嫁桃園的長女會帶著孩子回來，讓淑女享受承歡膝下的天倫之樂；對於失去音訊的家人，她給予最虔誠的祝福，希望他們能平安快樂，期待倦鳥終有歸巢的那一天。

凌晨五點鐘，曙光穿透灰暗的雲層，灑落一地的金黃。空曠的磚仔窯傳來「扣！扣！扣！」的陣陣回音。沐浴在晨光裡的淑女，弓著背，認真地將灰色的磚塊疊滿，再一車車送進窯裡燒。

原本柔軟的土，歷經高溫，鍛鍊成火紅的硬磚，可以築起堅固的牆，守護著家的溫暖，就像淑女歷經生離死別的淬煉，展現生命的韌度，一磚一磚地堆砌出人生的希望。

〈輯二〉法水滌心

江月珠◎生於一九六三年，自幼親友手足相繼突然往生，母親因此精神失常。這樣的陰影，讓她身心備受煎熬，很沒有安全感，隨時害怕周遭的親人會突然消失，造成她一直想脫離這個家。在二十二歲那年，草草決定了自己的終身大事，嫁給一個通信五年，卻見不到幾次面的筆友，這樁婚姻，讓她陷入了另一個惡夢……

走過磨難 擺脫夢魘

明含

江月珠出生時，正值臺灣社會普遍貧困的年代，她的媽媽卻一口氣生了十二個孩子，個個嗷嗷待哺，家境苦不堪言。

小時候，月珠內心深藏著的疑惑是，無病無痛的堂姊，竟然在睡夢之中就天人永隔；她更親眼目睹曾祖父懸梁上吊的屍體，這樣的陰影，讓年幼的月珠很沒有安全感，隨時害怕周遭的親人會突然消失。

後來，大哥和六姊因車禍猝然往生，哀慟的媽媽徹底崩潰了，不時跑到街上指天罵地，還守著公車站牌，等候孩子如往常一樣下車一起回家，可是，再淒厲的嘶吼與呼喊，都喚不回兒女的生命。經過家人一年多的撫慰，媽媽的精神狀態終於好轉；但死亡的陰影卻揮之不去，讓月珠的童年陷入連連的夢魘，將自己徹底封閉，甚至不敢外出。

國小畢業後，這個心結讓月珠決定不再升學，她要好好守著家人，賺錢讓父母過好日子。

然而，媽媽的精神崩潰，讓身心備受煎熬的月珠，一直想早點脫離這個家庭。二十二歲那年，她草草決定了自己的婚姻大事，嫁給一個通信五年，卻了解不深的男人。

當年從未跟她交談過的男同事，因入伍當兵的關係，讓思子心切的母親哭到昏倒，一個女同事好意地拉著月珠前往關懷，就這樣跟他通起信，當起筆友來了。直到他退伍後另謀他職，雙方仍維持了三年的魚雁往返，見面的次數卻寥寥可數。

急著想逃離原生家庭的她，答應對方的求婚，倉促之間就決定自己的婚姻，沒想到，卻讓自己陷入另一個惡夢。

嗜賭的先生，沉溺在六合彩裡，散盡了家財，還負債累累，屢次規勸卻不見收斂，心灰意冷的月珠，只能徒呼無奈，感嘆一切都是造化弄人。

儘管脫離了娘家，已為人母，但死亡的陰影仍籠罩著月珠，她害怕子女離開自己的視線，只要公公帶孩子出去逛夜市，她便頻頻不安地看著窗外，甚至急著到夜市帶回孩子，她知道這是一種病態，卻無力終止這個恐慌。

難行能行

婆婆往生時，她甚至不敢正視婆婆最後的容顏，篤信密宗的朋友前來助念，見狀好奇地問她是否曾對婆婆大逆不道，才會這麼害怕。深入瞭解之後，勸她多念《心經》，多行善事。於是，工作之餘，她到臺北縣三峽的恩主公醫院當起志工。

因緣的牽引，在一場慈濟茶會中，她認識了邱柑露師姊，開始參與資源回收的工作。

住家一樓的騎樓，被堆置了很多廢棄物，月珠說服鄰居讓她清理乾淨，當作回收站，開始廣邀左鄰右舍參與。

回收的工作原本單純，只要定時把已分類好的回收資源運回就可以了，耗時不多。但有些社區未先分類，就直接連同回收的垃圾通通送到慈濟三峽園區堆放，這可累壞了月珠，天天穿梭在又髒又亂的垃圾堆裡，還不時被蚊蟲叮咬；尤其到了夏季，天氣又熱又悶，忙得全身汗流浹背，等待分類的東西卻仍堆積如山，她忍不住悲從心生，邊做邊哭，說她以後再也不要來了！

這時，一位草根性濃厚的師兄看她如此情緒化，不僅不懂得憐香惜

全家至屏東探親，攝於墾丁國家公園（上圖）。投入九二一希望工程，江月珠與邱柑露至大里參與組合屋工作（左圖）。

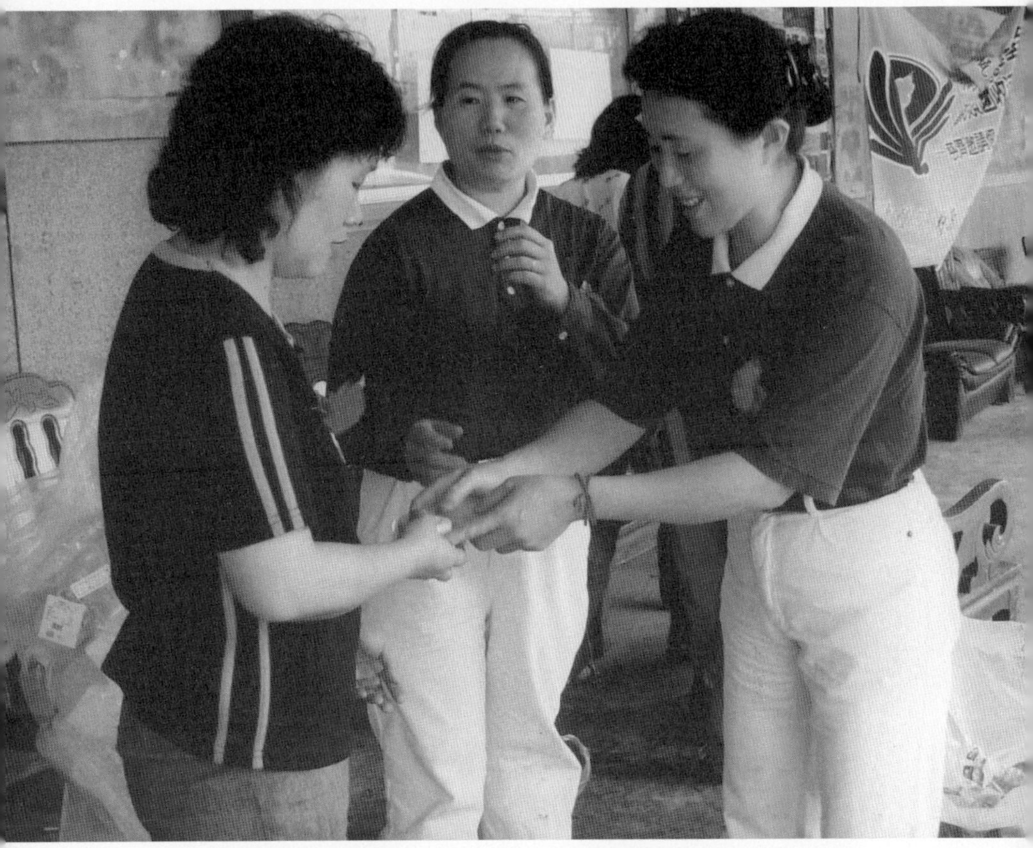
江月珠承擔環保幹事時，於母親節至各環保點為志工別上康乃馨及送上小蛋糕，表達感恩與祝福。

玉，反而直言直語地叫她不想做就不必做了，讓她更覺委屈，哭得涕淚縱橫。但回到家看大愛電視臺聽到證嚴上人的開示，她就懺悔自己的修行還不夠，咬緊牙根又投入回收的工作。

後來，她才知道那個罵他的師兄，其實是面惡心善，人很幽默的，幸好這位「善知識」現出怒目金剛相，把她點醒了。終於，她慢慢體會出環保志工的個中三昧，一切的付出，也就甘之如飴了。

再苦都要還完前世債

月珠天天做回收，強忍惡臭，還要忍受被蚊蟲叮咬的苦，就是想消業障；可是沒想到，業障未消，反而得知好賭的先生輸掉了四百多萬元，她心中憤恨難平，無法諒解先生積習不改。這次，她吃了秤鉈鐵了心，決定要跟他離婚，再也不要被他牽累一輩子。

她不是說著玩的，真的簽下了離婚協議書，帶著孩子回到娘家，打算從此跟他一刀兩斷，老死不相往來。

誰知一回到娘家，她天天以淚洗面，為沒了父親的孩子而哭，為斬不斷的情緣而哭，更為自己坎坷的命運而哭……

那天，正巧慈濟志工許秀蘭打電話來，邀她到中正紀念堂參加大愛電視的開臺典禮，月珠忍不住在電話中對她哭訴心中的委屈，眼淚就像被打開的水龍頭一樣，再也關不住。

秀蘭擔心她想不開，焦急地拜託另一位師姊，務必要把她帶到中正紀念堂。兩人一見了面，便抱在一起痛哭，不知情的人，都以為她們被現場莊嚴的儀式與氣氛感動而落淚。

那天，月珠專心地聆聽上人的開示，上人的每句話，好像都是針對她說的。「前世因，今世果……甘願做，歡喜受……」一句句傳入她的耳朵，她若有所悟，當場拿起手機撥給先生，一開口就向他懺悔，這可把先生弄迷糊了，明明是他賭光了家產，為何是她向他道歉？

原來，月珠領悟到今生如此痛苦，都是前世欠的債，因此，這輩子再苦，都要償還前世欠先生的債。

從此以後，先生認真地開起了計程車，月珠則到工廠應徵拋光的工作。拋光是粗活兒，靠的都是手腕的力量，從來沒有一個女人敢做，大家都懷疑這個女流之輩，怎能吃得消？但為了幫先生還清債務，再苦也要忍下來。朋友不忍見她如此辛苦，建議她分期攤還，但有骨氣的她，執意只要有一口氣在，絕不欠人一分錢，因為她不想來生再受業障之苦。

讓頑石點頭

公公看她要忙著賺錢養家，還要做資源回收，於是主動幫忙洗米、煮飯、照顧孩子，減輕她不少的負擔，讓她感到很安慰；但讓她難過的是，先生依舊好賭，而且不能體會她的付出，還常常阻擋她參加慈濟的活動。

九二一地震後，月珠與孩子商議，把婆婆遺留下來的金飾全數捐出賑災，還帶著孩子到街上募款。難得放假時，她把握因緣，跟著慈濟志工到地震災區支援，先生經常在旁數落嘀咕，甚至故意拖延她上車的時間，讓她急到哭出來。他說是擔心月珠的安危，讓月珠不認同，大聲回應他：「往生了，有慈濟人幫我處理後事，不勞你費心！」心意之堅定，讓先生為之氣結，卻也無可奈何。

為了改變先生好賭的習氣，月珠私下請師兄接引他進慈濟，不料先生知道後，卻對她大叫：「我不是妳的一步棋，不要把我當棋子下！」她心灰意冷，無計可施，只能堅持自己的道心。

經過幾次的阻撓後，月珠仍一次次遠赴災區，即使滿身疲累，卻滿心歡喜。先生訝異慈濟的力量，生起了好奇心，想了解慈濟到底有什麼吸引力？直到有一天，他對月珠開口：「這次，換我去好了。」月珠雀躍萬分，點頭應允。

這趟意外之行，他遇到了貴人。有位師兄中風多年，不良於行，卻一次次到災區支援，還參加資源回收的工作，這讓先生非常感佩，跟著投入資源回收的行列。他每天到大賣場載箱子回來整理，還戒了菸、酒，參加慈誠隊的活動，前後判若兩人，月珠欣喜不已，終於可以全力投入慈濟，再也不必擔心先生阻撓了。

每個人都是未來佛

對死亡的恐懼，一直是月珠無法克服的心理障礙；剛開始參加助念時，常令她打心底發毛。

雖然學了佛，但她心中仍惴惴不安，不時瞄著躺在眼前的人。有一回，助念到一半時，旁邊的師姊突然掀開往生被，對著往生者的耳朵殷殷叮嚀，這個動作，嚇得她幾乎要奪門而出；但看到師姊眼裡的慈悲，行儀的莊嚴，讓她定下心來，繼續虔誠地跟著念誦佛號。那天，什麼事也沒發生，她滿心法喜，再也不受童年的夢魘所困擾。

終於，月珠受證為慈濟委員了。那天，坐在臺下的她一直哭、一直哭，反覆在心裡問自己：「江月珠，江月珠，妳何德何能，可以得到上人的祝福？」

因緣不可思議，曾經生命歷盡坎坷，婚姻遭受折磨，內心充滿恐慌，如今，一切都雲淡風輕了。

充滿感恩心的月珠，更加認真地做資源回收；曾經讓她難耐的髒臭、燠熱，如今都像徐徐的道風，拂去她心靈的塵垢。這處工場，成了她接引人間菩薩的道場，看著許多社區志工來到這裡，為生命找到發心立願的源頭，她感到無限歡喜。

有一位老婦人，因兒媳吸毒被關在牢裡，獨力撫養兩個孫子，晚景淒涼；後來，老婦人不畏寒風豪雨，帶著兩個年幼的孫子，來到回收站當志工。奇怪的是，正在學步的孫子，赤腳幾乎踏遍了回收站的每一寸土地，卻不曾被玻璃、鐵釘刺傷過，連蚊蟲都不曾叮咬過他稚嫩的小身軀，讓人嘖嘖稱奇。月珠相信，這是冥冥中自有護法保護著。

只要真心懺悔，有心行菩薩道，再卑微的人，菩薩都不會遺棄，因為，每個人都是未來佛，每個人都有佛心，走過苦難的月珠，心裡比誰都清楚……

林淑貞◎一九五八年出生於高雄縣旗山鎮，八個兄弟姊妹中，排行老么。一九九七年受證成為慈濟委員，法號慮劭。父親是一般的上班族，母親是單純的家庭主婦。文靜纖秀的她，婚後經歷了先生徹夜不歸的磨難，直到他接觸慈濟，才變成體貼的好男人，無奈無常找上他……

留住愛的活血

阮昭信

林淑貞緊握先生的手，凝視著，她多麼希望時間就此停住。不知過了多久，喉嚨似被狠狠地掐住一般，她深吸一口氣，咬著唇，低頭在他耳邊說：「你能等就等，不能等就安心地走吧！」她的聲音顫抖得很厲害。

說完話，她輕輕放下先生的手，站起身，頭也不回地離開加護病房。

她不是不想回頭，只是多看一眼就多一分心痛，離開的那一刻，眼淚再也不聽使喚，她不知道這一趟出門，還能不能再見到他最後一面。

她在高雄飛往花蓮的飛機上，一個人靜靜地坐著，她想堅強，但複雜的思緒卻不放過她，想著過往人生，想著先生的一切，她頓時紅了眼眶……

憂鬱無助的小女人

小時候家裡很窮，淑貞總是班上最後一個繳學費的人，造成自信心不足又有點自卑，還好她是老么，深受家人的疼愛，讓她可以平安長大，嫁入一戶好人家。

婚後，她非常珍惜家居生活，所有的生活重心都放在家人身上，受父母的影響，淑貞認為，女人家就是要相夫教子。然而，從事茶葉產銷事業的先生，因生意上的關係，常常與客戶、朋友喝茶聊天，不是到深夜才回家，便是徹夜不歸。

淑貞常常等到天亮，還不見他的人影。好不容易，盼得人歸來，講不了幾句話，就不歡而散，先生總會說：「明天妳還要上班，趕快睡吧！」她也怕半夜會吵到孩子的作息，不得不作罷，所有的委屈只能往肚子裡吞，久而久之，心情就變得鬱悶。

日子就這樣一天天過，淑貞的不愉快，連同事梁清典都看得出來，除了邀她做好事，加入慈濟會員外，也會分享慈濟的人事物。慢慢地，接觸慈濟愈多，她愈覺得證嚴上人的理念非常好。

第一次造訪花蓮靜思精舍的那一天，遊覽車一路搖搖晃晃，慈濟志工分享好多的故事，但只有證嚴上人說的「一丈之內是丈夫，一丈之外就要『馬馬虎虎』」和「甘願做、歡喜受」這兩句話，讓她印象深刻，原來以不同的角度看事情，會得到不同的結果。

「我為什麼不幫忙承擔一些慈濟的事情呢？」從花蓮回來後，這種想法反覆出現，淑貞決定試試看，在工作和家庭間，分一點時間投入慈濟當

2010年，林淑貞在鳳山聯絡處向民眾解說骨髓捐贈救人的意義及親身經驗（上圖）。2009年，林淑貞(左)在高雄市的一處小攤位前面，與志工一同清理照顧戶的家（左圖）。

林淑貞(左前二) 與七位哥哥姊姊，於住家(父親上班的木材公司宿舍)前合照。

志工。

每天下班後，是她最忙碌的時刻，得趕去黃昏市場買菜，再趕回家做晚飯，接著又要送孩子上才藝班。有一天，一家人正在用餐，先生突然將筷子往桌子用力一放，發出好大的聲音，「這盤菜不新鮮，難道妳不知道嗎？」他的表情很不高興。淑貞感到莫名的委屈，為這個家，已經盡心盡力了，忍不住難過得掉下淚來；先生卻憤而把碗筷一摔，衝了出去。

一場可能的風暴

這一去，整整一個星期。淑貞儘管生著悶氣，還是擔心先生的安危，每晚都在客廳等待。夜深人靜時她想得特別多，想到上人說的「甘願做、歡喜受」，夫妻生活難免有爭吵，加上婚姻是自己選擇的，還有什麼好埋怨的呢？至少他的心地很善良啊！

終於盼到先生回來了，她當作沒事發生，笑著跟先生說：「你那麼多天沒回來，我很擔心你！」先生反倒有一點不好意思地說：「擔心什麼，有事情我朋友會通知妳啊！」兩人就這樣和好了。

剛開始，先生很反對她參加慈濟，一再用「孩子還小」為藉口，無非是要妻子多留一點時間在家裡；只要知道慈濟有活動，就藉故叫她去送貨或是買東西。淑貞知道先生的用意，於是利用送孩子去合唱團的機會，參加慈濟活動。如此過了五、六年，終於如願受證成為慈濟委員。

受證，並沒有讓她做慈濟的路更順暢，家庭與慈濟之間，始終令她左右為難；直到幾年後，她突然領悟到「逆增上緣」這四個字的意義，就像此刻她開的車子逆風而行的道理是一樣的，她想通了，手緊緊握住方向盤，高興得流眼淚。她告訴自己，要改變心境，將先生的反對當成是重要的修行功課。從此以後，淑貞一定先將家裡的事全部安排妥當，讓先生滿意後才去慈濟當志工。凡事愈是不計較，先生反而對她愈好，給她的空間也愈大。朋友來訪時，淑貞也常說起慈濟的事，漸漸地，先生對慈濟逐漸了解與認同。

發生九二一大地震時，先生開著他那輛四輪傳動的車子，載志工去南投的中寮鄉幫忙救災。他對機械、工程都很內行，高雄市苓雅區的喜捨共修處及環保站興建時，他也義務幫忙搭蓋鐵皮屋。

此後，他不再晚歸，晚餐、家事也不需要淑貞費神，還會適時地對朋友講慈濟的事，甚至幫忙收善款、支援修建照顧戶的房子。他不但讚揚自己的太太，也以她是慈濟委員為榮，更常常逢人就說：「感恩，感恩喔！」

一切以救人為主

有一天，接到慈濟志工梁美華的通知，淑貞簡直不敢相信，等了十幾年，她曾捐出10ＣＣ血液，竟然骨髓配對成功，難得的機緣會落在自己身上，她好激動，心想，救人一命勝造七級浮屠，這是何等不容易，一定要把握。

興奮不了幾天，先生就突然發高燒，經過醫師診斷，確定罹患壺腹癌（胰管和膽管交接處的腫瘤），必須立即開刀治療；手術後，恢復狀況良好，正準備出院，誰知，胰臟與腸子的連接處併發動脈大量出血，造成休克，緊急送入加護病房，但病情依然起伏不定，但他在意識清楚時，仍沒忘記妻子要捐周邊血的事，他叮嚀妻子：「人生無常，骨髓移植不能等，不要延誤救人的時機。」

然而，醫生卻告訴淑貞：「他可能隨時會走。」而捐周邊血又已經定好日期……

淑貞心想：「留在他的身邊，也無法挽回他的生命，但是到花蓮，卻可以拯救另一個人的生命。」

即使知道先生病危，她仍毅然決定前往花蓮慈濟醫院，因為一個命在旦夕的白血病患者，正等著她帶來一線生機。

前往花蓮的那天早上九點，她在林榮宗醫師的醫院打了生長激素，林醫師知道她是要到花蓮救人的，很讚佩地說：「淑貞加油！」輕輕的一句話，林醫師、淑貞和陪伴的志工梁美華，三人握住彼此的雙手，都忍不住掉下眼淚。

由於長時間照顧先生，她的身體狀況不佳，以致靜脈血管又沉又細，針一扎就破了，試了好幾次，才完成第一天的周邊血抽取。原本以為這些血足夠供給受髓者，經醫護人員評估後，認為幹細胞量不足，隔天仍須繼續補足。

第二天，一整個早上的靜脈抽髓過程並不順利，這一折騰，淑貞擔心可能無法在與先生約定的時間內回到高雄。一邊惦記著他的病況，一邊希望趕快完成救人的心願，心裡一陣難過，不知不覺流下眼淚，醫護人員了解狀況後說：「是不是要放棄，到此就好？」她含淚回答：「怎麼可以放棄？一切要以救人為主啊！」大家都被她感動得眼眶泛紅。

當心願完成

淑貞「放下」對先生的擔憂，伸出雙手，再次讓護士埋動脈粗針，這次，冥冥中如有菩薩保佑似地，有一股熱血奔騰的感覺，血流速度很快，超過預期，因此也縮短了大半的時間。

抽完血後，她早已心急如焚，沒有休息，立刻趕回家。往高雄的末班飛機已趕不上，只好搭火車到臺北，再轉飛機；非常幸運的是，剛好趕上往高雄的最後一班飛機。這段時間，不論是在花蓮、臺北或是高雄，她的身邊都有慈濟志工全程陪伴。

經過路途勞累奔波，她返抵家門已近午夜十二點，沒法探視住在加護病房的先生；凌晨三點多，就接到醫院打來通知病危的電話。

她趕到醫院，才兩天不見，先生的狀況變得很差，不但嚴重水腫，臉部還扭曲變形，幾分鐘就抽搐一次。當相守一生的先生嚥下最後一口氣時，三十二天的加護病房急救，也宣告無效。她在他的耳邊輕聲地說：「我已經完成我們的心願了！你放心地走吧！」此時，她看到先生的嘴角微微揚起。

她依照先生的心願，選擇海葬。海邊的風吹拂著淑貞的髮絲，望著蔚藍的海洋，她回憶起自從九二一地震後，先生的認同與改變，他變得溫柔又體貼，喜歡看大愛電視臺及聽她說慈濟的事……打在岸邊的浪潮，來了又走了；她知道先生已經離去，心中響起一個聲音，那是證嚴上人說的：「面對無常，路還是要堅強地走下去，不是逃避，更要恆持慈濟菩薩道，把小愛化為大愛，照顧更多的人。」

章美月　◎一九四九年出生於桃園縣林口鄉，因為弟妹眾多，身為長女的她，國小畢業後即外出工作，分擔家計。十幾歲接觸佛法，深信人性本善，沒想到一念悲心，卻為自己的身、心帶來難以磨滅的創傷。一九八五年受證為慈濟委員，法號慈員，是慈濟在臺北縣樹林鎮的第一顆種子，現為海山區和氣副組長。

償還

涂鳳美

「過去真苦了妳！但願來生還能和妳結為夫妻，讓我好好地補償妳……」王松在慈濟四十週年慶靜態展「見證慈悲」的活動中當眾分享，他想起父親生前所言：「你這一生唯一做對的事就是娶美月為妻！」內心不禁覺百感交集；當下，他終於勇敢地對妻子章美月說出三十多年來的第一聲抱歉……

蒼白的童年

一九五九年的冬天，霜降山林，氣溫到了零度以下。美月的腳丫子因為凍傷，變得又紅又腫，癢得無法忍受。她偷偷把幾件舊衣服堆在地上，當成木炭點燃；姊妹幾人就地而坐，腳掌朝向火源取暖，腳不冷，身子就暖和了。

清晨時分，公雞的啼聲擾人清夢；美月拉高棉被裹住頭，試圖阻斷這高分貝的長鳴。翻個身，正想闔眼，那由遠而近的木屐聲，伴隨著媽媽急促的「起床」吼聲，讓身為長女的美月不敢再賴床。匆匆漱洗後，便背起茶簍，默默地跟在媽媽身後。山上的茶樹幾乎和她一樣高，美月只能選擇低處摘採。她學著媽媽將茶青一一塞入簍中，茶簍總有裝滿的時候，但家裡的八張嘴巴，卻怎麼填也填不滿。

竹籬笆外的幾棵大樹落葉紛紛，年關近了，繳學費的日子也將接踵而來。看著眉頭深鎖的母親，美月才想起好久沒看到父親了……

一個人在臺北租屋的父親，以踩三輪車為業，一年只有三大節慶時才返家。因為嗜酒如命，賺的錢只夠他買酒喝。好幾次家裡的日子實在過不下去了，才十來歲的美月只好隻身到臺北找父親，多少要點生活費，但每次幾乎都是失望而歸。母親的無奈與認命、父親的不負責任，在美月心中烙下深深的痕跡，成長的環境告訴她——「家」總要有一個人來支撐。

十三歲應該是個天真的年紀，瘦小的她卻當起了小保姆，背上的娃兒是她沉重的負擔；十五歲幫傭時，她已經可以煮一大桌的飯菜了。

「幫人煮飯會有前途嗎？」美月反覆思量。

不久，她為了追尋自己的夢想，到工廠當女工，過了一段還算充實的日子。放假日，同事邀她去聽淨心法師講經，久而久之，她對出家僧眾清淨的生活方式，產生難以言喻的嚮往。在皈依華嚴蓮舍的成一法師後，她一心一意想要出家，但媽媽卻以死威脅。「回去吧！妳塵緣未了，但妳可

2006年慈濟四十週年靜態展，王松向章美月當眾說：「但願來生還能和妳結為夫妻，讓我好好地補償妳……」

2006年浴佛節前夕，章美月（前排右三）參加浴佛彩排（上圖）。2007年9月中秋節前，章美月（左二）在台北三峽與慈濟志工一起做月餅（右圖）。

以當個虔誠的佛教徒。」成一法師的鼓勵，時時縈繞在耳際。

錯誤的第一步

出家未成，美月只好繼續謀生，輾轉來到樹林鎮的一家針織廠當作業員。雙十年華的她，出色的打扮常成為男同事目光追逐的焦點，而王松便是其中之一。不擅文筆的王松，為了贏得佳人芳心，經常請同事代勞，再想盡辦法將信送到美月手中。有位男同事再三提醒她：「王松很愛打架，只要工廠有人鬧事，一定少不了他。」

可能是接觸佛法的緣故，看到經常闖禍的王松，美月不但沒有退卻，還生起一念悲心。該如何去改變他？如果我有機會接近他，也許能勸他改過向善，間接幫他也是功德一件啊！這念頭在她心中盤旋著……

兩人交往之初，遭到美月父母強烈的反對，他們認為她不管和誰在一起都比這個「鄉下流氓」還強。的確，連第一次兩人出遊的費用，王松都得典當相機、東拼西湊才勉強成行，更遑論日後的生活保障了。也許是「相欠債」，美月就是堅持要和王松結婚，父母親氣不過，索性隨她去了。距離王松退伍還有一年多，她即固執地走上婚姻的不歸路。原以為王松從此會將家庭和責任劃上等號，豈料在軍中負責打理福利社的他，卻得等美月拿錢去將一筆爛帳還清，軍方才答應放人。

兩年過去了，美月沒有一點懷孕的跡象，婆婆原本就對媳婦沒什麼好感，加上抱孫心切，索性叫兒子再娶，但經常伸手向妻子要錢的王松，心中有所顧慮。千盼萬盼總算盼來一個男嬰，但美月的命運並沒有因此改變；每次經過婆婆的房間，都忍不住多看一眼——那鍋被鎖在裡頭的麻油雞。

因為結婚時沒有嫁妝，婆婆不准美月回娘家，也不許她跟先生出門。不論她再怎麼努力，總得不到婆婆的歡心。因為太想念父母，她曾經利用上班時請假，提早兩個鐘頭下班，飛奔到娘家，再準時趕回去煮晚餐，卻因小姑告狀而招來一頓責罵。美月的淚水往肚裡吞，默默承受嫁雞隨雞的宿命。夜裡躲在棉被裡偷哭，枕頭上盡是心聲淚痕，只因為先生經常惹是生非、不務正業，婆婆頗多微詞，使得她這個媳婦也不討喜。

夫妻爭執不斷

孩子滿月後，他們租了一間公寓的二樓。以有限的空間當住家，其他則做為針織代工的區域。王松積習難改，終日只管喝酒、賭博、徹夜不歸，生活的窘迫，留給美月概括承受，兩人經常為此吵鬧不休。有一次，工廠的機器故障了，美月好不容易才找到正在和朋友喝酒的先生，拜託他回去修理機器。不料，王松認為她太不顧他的面子，當眾一巴掌，揮得瘦小的她，身子禁不住往後踉蹌，美月不敢再多言，錯愕地摸著發燙的臉頰，噙著淚水默默走回工廠。

由於酒肉朋友太多，王松的應酬不斷，每天不醉不歸。回到家，逕自往床上一躺；但嬰兒的哭聲有時吵得他抓狂，曾經隨手抓起哭鬧的孩子，一把扔在通鋪上。而美月的抱怨更讓他失去耐性，除了拿刀追殺外，也曾經在兩人發生爭執時，氣不過拿起磅秤上的磅碼，從二樓朝著在院子洗衣服的美月身上砸去。心力交瘁的美月，為了讓王松後悔，好幾次想自我了斷，但看到年幼的孩子，她只好向命運低頭。

四個孩子相繼出生後，原來的住家空間已不敷使用。為了買房子，美月起了個互助會，會頭錢收齊時已是除夕夜。經常和朋友在家裡賭博的王松，這次又輸了。

「會錢拿來給我！」

美月站在原地拚命搖頭。

「妳不拿是不是？我自己來！」

她急了，搶先一步衝進二樓臥室，將整包的錢緊緊地抱在懷中，床鋪是她唯一的屏障。王松氣呼呼地跟著上來，他一腳踹向蹲在地上的美月，再扯住她的長髮，拳頭如雨點般落下……

「你會把她打死！」

幾個賭友費力地把王松架開。美月趁機抱著會錢，以僅存的體力，一口氣衝到了五樓樓頂，一個最危險也可能是最安全的地方。

幾度徘徊生死邊緣

她蜷縮著身子，靠在水塔旁動也不敢動。不知過了多久，兩腳麻得厲害；她慢慢地站起來，先環顧四周，確定危機已經解除，才試著走動。錢，依舊摟著，深夜，萬籟俱寂。然而美月翻攪的思緒，宛若海水倒灌般，一波波襲來……「我為什麼這麼苦命？」汩汩而流的淚水帶出萬般過往，混著冷空氣在腦海中停格。「這樣的人生，對我還有什麼意義？」好幾次，她的腳踩在頂樓邊緣……

「如果我死了，媽媽就少了一個女兒，我不能這麼自私！」連死的權利都沒有，美月重重地跌坐在地上。夜，是如此漫長！好不容易捱到天亮，她拖著疲憊的身軀到了四樓，先請鄰居幫忙看看家裡的狀況，才知道王松竟然一夜未歸，整顆心，猶如颱風夜被吹落的玻璃窗，碎了一地。

花錢從不知節制的王松，工廠當月的收入，他前一個月就揮霍殆盡。遇上針織業的淡季，入不敷出時，美月的處境更是雪上加霜。為了生計，她只好在工廠的騎樓下擺個麵攤，藉以貼補家用。王松經常帶朋友前來吃吃喝喝卻從不付帳。有一天傍晚，美月和他理論，他夾著粗暴的話狠力一推，隨即揚長而去。

她冷不防地絆著了椅子，整個人摔倒在地；忍著手部骨折後的劇烈疼痛，打電話請朋友送她到醫院掛急診。

三十三歲那年，美月罹患子宮頸癌，為了挽救生命，醫生為她做了子宮摘除手術。由於長期營養不良，手術後二十天她還無法下床。住院的一個多月裡，除了媽媽和大妹外，沒有人真正關心她。每天只能無助地望著天花板，讓一幕幕坎坷的人生，在腦海中殘酷地上演。她的身心飽受煎熬，求生不得、求死不能。最後，她想起成一法師的教誨，於是改用觀想的方式發願：「如果我過不了這個生命關卡，請讓我來去自如；倘若能活下來，他日一定當義工服務社會。」

王松偶爾也來醫院，不過每次都是喝得酩酊大醉。出院後，他以妻子不是正常的女人為由，經常在外過夜，更無理地要求美月的弟弟把她帶回娘家。

「我生是王家的人，死是王家的鬼；我只求留下來照顧孩子，你要怎麼樣隨便你，我不會再管你了……」萬念俱灰的美月，日子過得有如行屍走肉般。她恨自己傷痕累累依然姑息對方，家庭重擔一個人扛卻落得如此下場。

她拿起整瓶紹興酒往嘴裡倒，酒精穿過喉嚨，肆虐著身上的每一個細胞；一天一夜的醉意過後，她才驚覺——天地之大，竟然沒有可容身之處。

糟蹋自己成了她唯一能做的事。

生命現曙光

「看妳這麼苦，過兩天有一位花蓮的師父要來講經，妳一起來吧！」好心的鄰居帶著美月到位於吉林路的慈濟臺北分會，聆聽證嚴上人講解《藥師經》。上人提及朽木難雕，那一尊尊世人膜拜的觀世音菩薩，是雕刻師先挑選上好木材，經過千刀萬剮才呈現莊嚴的法相；而廢鐵也是經過高溫燃燒、千錘百鍊方能成鋼、成器，鑽石也一樣，就是要磨，不斷地磨，才能發光、發亮，讓人人喜愛。

聽完上人三天的開示，美月才明白自己所承受的苦，都是因緣果報，她決定以歡喜心來消舊業，如果真的前輩子欠王松的，今生做牛做馬也要還清。

一九八五年進入慈濟後，美月的心靈總算有了寄託，既然改變不了對方，只好改變自己。除了賺錢養家、照顧孩子等本分事外，其他的時間都用來做慈濟。面對王松，她選擇逆來順受，罵不還口、打不還手。她告訴自己：「這條堪忍的路做狗爬也要爬過去！」怨心放下，所受的傷害也就少了些。至於婆婆的辱罵，美月在聽到上人開示：「妳成就再大，沒有獲得家人的肯定，也是白忙一場。」這句話後，慢慢往好的方向想，用更大的包容心來看待。

苦盡甘來

受證成為慈濟委員以後，她想拉王松一把，帶他進入慈濟。但美月知道自己無法說服王松，因此，巧妙地安排全家人到花蓮旅行，藉此機會帶他到靜思精舍聽上人開示。以前王松經常罵美月的頭腦壞了，才會笨得吃自己的飯做別人的事。從精舍回來後，他雖然習性未改，但當他的牌友問他：「你怎麼放心讓你老婆到處亂跑？」他一改常態，反倒說：「她是去慈濟做好事，我當然放心。」

一九八九年，王松因長期喝酒、熬夜導致肝硬化末期，面臨必須換肝才能存活的危機。美月忘卻過往所承受的苦痛，除了帶著他做環保之外，獨排眾議，在經濟拮据的狀況下，幫王松捐了一百萬元給慈濟，讓他成為慈濟的榮譽董事。她夜以繼日、不棄不離地照顧他，終於換得肝臟移植成功的手術，而婆婆在兒子重生後，一改對美月的態度。

「過去所承受的一切痛苦，也許是我欠王松的，這負擔終於卸下了，我現在是無債一身輕。」想到終於苦盡甘來，美月露出了燦爛的笑容。

「以前是妳欠我，現在妳已經在收利息囉！我也會甘願還的。明天妳放心去醫院當志工，家裡一切有我……」王松和美月並肩步出展覽會場，夕陽的餘暉，將他們的身影拉得好長，就像慈濟這條菩薩道，他們要長長久久地攜手走下去。

黃玉新 ◎一九五八年生，彰化縣人。二〇〇二年受證成為慈濟委員，法號明鎧。二〇〇一年以先生名義捐給慈濟一百萬元，成為榮譽董事，當時的她尚有房屋貸款兩百多萬元未還清。十九歲時北上學洋裁，習得一技之長，經由姑媽介紹認識先生林宗龍，二十三歲結婚，育有一對子女，平靜的生活卻因弟弟的一場車禍掀起波瀾……

我在你心裡

李惠玲

夜深人靜的時刻，黃玉新遲遲等不到先生歸來，不斷在家中走來走去，耐不住內心的焦急，於是把睡夢中的孩子叫醒，幫他們穿好了衣服。「怡伶！威志！你們跟媽媽一起去找爸爸回來。」玉新的心情很激動，一說完，就拉著他們的手走出門外。

帶著憤怒，她來到先生林宗龍打牌的地方，走進去，二話不說，就把牌桌上鋪著的麻將紙整張掀起來，頓時，麻將散落一地，在場的人都嚇呆了，她理直氣壯地怒罵林宗龍：「為什麼要熬夜通宵打牌？難道家裡你都不管了？」一時間，夫妻兩人吵了起來，牌友對黃玉新這突如其來的動作相當不悅，紛紛加入戰局對罵：「這是我家，不准妳亂來。」甚至口出惡言。經過一陣混亂後，大家都帶著不愉快的心情離開。

這一夜，黃玉新輾轉難眠，不知道她的婚姻生活，為何變得如此不堪……

好景不常

彰化是個純樸的地方，人們大都以農耕維生，黃玉新生長在貧困的家庭，從小就得幫忙做家事，照顧兩個弟妹。稍微做得不夠周延，就會遭到脾氣暴躁的父親一頓責打。父母親因為個性不合的關係，時常爭吵不休。她才十歲時，就因為無法承受家庭的壓力，一度萌生自殺的念頭。

國中畢業時，玉新不忍心父母太過操勞，想幫家裡改善經濟。雖然在學校的成績優異，但是為了減輕父母的負擔，她謊稱不想繼續升學，這麼一來，弟妹才得以完成學業。

十九歲那年，她到臺北學做洋裁，習得一技之長。與先生林宗龍結婚後，定居三重市，夫妻倆開始創業。他們努力工作賺錢，希望能早日擁有自己的房子。她除了在家帶孩子，還兼做成衣加工；儘管生活很忙碌，但一家人有共同的目標，就算再苦也要熬下去。

原本日子過得還算平順，但是一九八六年的一通電話，讓玉新簡直招架不住。住在彰化老家的弟弟，突然發生嚴重的車禍，急需要照料，但弟媳婦身懷六甲又即將生產，根本無能為力，於是，身為大姊的她，帶著子女回到娘家，長達一個多月的時間，留下先生一個人在北部。為了排解寂寞，先生與親友常聚在一起以打牌當消遣，時間久了，逐漸養成他愛賭博的習慣。

弟弟的身體康復後，玉新以為可以安心回家了，哪知先生前一晚又打牌徹夜未眠，臉上顯露出疲憊不堪的倦容，擔心他的身體會亮起紅燈，不捨與憤怒的心情交錯，加上屢勸不聽，兩人總是爭吵不斷。

夫妻關係陷入僵局

個性剛毅的玉新，實在無法忍受宗龍沉迷賭博，雖不時婉言相勸，卻一直不見改善，最後忍不住大發脾氣，夫妻倆三天一小吵、五天一大吵的戲碼持續上演，關係陷入了僵局，她曾經在盛怒之下，失控將先生的西裝剪破來洩憤。

既然勸不動，她乾脆賭氣地告訴先生：「好，要玩大家一起玩，要賭大家一起賭。」就這樣，她學會了打牌。從此家中設有兩張牌桌，男的一桌、女的一桌；打牌時，整個空間都因為抽菸而煙霧瀰漫。就讀高中的女兒，看到父母的作為，非常生氣，一回家就甩門進去房間；兒子反而樂得

黃玉新參與2011年《法譬如水》經藏演繹，懺悔過去的無明習氣。（上圖）。回首來時路，黃玉新心中充滿無限感恩，常在各種場合分享做慈濟的心得（左圖）。

2004年底南亞大海嘯造成慘重災情，黃玉新為災民上街募款。

沒有人管，可以放任地打電動玩具。

日子一久，生活也逐漸變了樣。只要做完家事閒暇時間，她就與姊妹淘一起去喝酒吃飯或是唱歌、跳舞，過的生活既逍遙又快活。

日子就這麼漫無目的地過著，直到九二一地震發生，許多地方災情慘重，玉新是慈濟會員，透過大愛電視臺的報導，看到災區民眾的生活、慈濟志工膚慰鄉親、走上街頭募款等等，她響應捐款，也自我反省。

幾個月過後，玉新到住家附近的慈濟環保站做資源回收，她知道回收的重要性，但從沒親身體驗過。後來只要有空，她就會參與資源分類的工作。在環保站，常常會看到慈濟委員王寶珠，她穿上旗袍的樣子，看起來端莊又有氣質，雖然羨慕，但玉新深知自己惡習未改，「做慈濟」對她而言，是遙不可及的夢想。

有心改過

有一天晚上，兒子威志與三個同學外出，在網咖店玩樂，玉新打電話給他，希望他早點回宿舍，威志很聽話，獨自返回學校。十點左右，突然有警察敲他的房門，原來，一位與他同時外出的同學，在途中被車撞死了。

經過這個事件，玉新發覺到，兒子真有福報，才能平安度過危機，她告訴自己：「福報要做來囤，甭通做來堵（臺語，意指做善事要把握當下）。」要多造福才對。投入慈濟的環保工作兩年多來，她還是意志不夠堅定，禁不起朋友的慫恿，無法改掉愛打牌的習慣，這次她下定決心，要改掉一切惡習，全心投入慈濟，幫助需要幫助的人。

她積極參與慈濟的各項活動，投入九二一希望工程的服務工作。只要時間允許，她也到慈濟醫院當志工，在急診室裡，看到許多生命轉瞬間消失，體會到人生無常，想想一家人能平安健康就好了，先生賭博的事又何必太計較。

看到妻子在習慣上改變很多，穿著打扮愈來愈樸素，宗龍擔心她太過投入，說不定哪一天會想要出家，於是百般阻撓她做慈濟。有一天，玉新正要前往慈濟松山聯絡處上課，宗龍突然阻止她出門，玉新生氣地說：「已經答應人家的事不能不守信，我一定要去。」說完就快步離去。

晚上回到家，宗龍已在客廳等候著，一見面就告訴她：「現在起，不准妳再去做慈濟。」玉新不甘示弱地回擊：「不管你是不是可以接受，就算你提出離婚，我也一定要做慈濟。」宗龍順著她的話質問：「到底是怎樣？你們慈濟都在教人家離婚的嗎？」聽到這句話，玉新霎時楞住了，警覺到自己不該動怒的，應該改改脾氣，如果因為這樣造成先生對慈濟的誤解，只會讓事情愈變愈複雜。

從此，為避免兩人衝突再起，她總是利用先生上班的時間，出門參加慈濟的活動。有一回，到南投集集國中幫忙烹煮熱食時，突然接到宗龍的電話：「老婆，妳在哪裡？」她靈機一動回答：「我在你心裡。」電話那端立刻傳來先生開懷的笑聲，化解了可能的不愉快。

甘願做 歡喜受

先生漸漸不再反對，玉新終於可以放心當志工，但好事總是多磨人，有一次，因為，因為有事耽擱的緣故，未能及時陪宗龍探望家人，以致遭到大聲斥責：「我要妳去海口吃番薯（就是要與她離婚的意思）。」

她苦苦哀求：「不要啦！我在家自己煮番薯湯來吃就好。」當晚她真的懲罰自己吃番薯湯，女兒為她抱屈，她告訴女兒：「只要家庭能圓滿，媽媽並不會覺得苦，做慈濟是我的最愛，我甘願做，就要歡喜接受。」

雖然玉新委曲求全，並沒能消除先生的憤怒。有時候，她刻意向先生討好，希望求得諒解，不料卻換來惡言相向，她只能淚水往肚裡吞。「我明明在做善事，為什麼他始終不能包容理解，我到底該怎麼做呢？」心中的疑惑得不到答案。

公公年紀大了，臥病在床多年，都是玉新照料他的生活起居，從來沒有任何抱怨；直至公公往生時，一百多位慈濟志工輪流來助念，才終於感動了宗龍，從此不再反對妻子做慈濟。二〇〇二年玉新受證成為慈濟委員後，他也改掉二十多年賭博的習性。

回首來時路，即便一路顛簸曲折、跌跌撞撞，在玉新的心中，依然充滿無限感恩……

〈輯三〉浴火鳳凰

曾百合◎一九四〇年生於臺南縣，尚未出世，父親即前往南洋經商，並在異地娶妻生子。九歲時母親改嫁，由祖父母一手帶大。婚後五年，先生因意外往生，母親愛女心切的一番話，讓公婆對她起了防備之心，在誤解與經濟壓力下，不得不離開兩個幼子，隻身到外地工作。與親人分離的無奈，終於在慈濟世界裡找到心靈的依止。

幽谷中的百合

賴裕鈴

臺南鄉間一座三合院裡，五歲的曾百合，一個人蹲在院子的一角，噙著淚水，雙手緊緊扭絞著，耳邊傳來客廳裡大人不斷的叫罵聲及物品被摔碎的刺耳聲，年幼的她不懂大人們在吵什麼？更不懂的是爸爸、媽媽和阿姨之間究竟有何仇恨。

百合還沒出生時，父親就到南洋經商，童年雖然缺乏父愛，還好有母親和爺爺、奶奶的呵護，日子倒也過得平靜。直到五歲那年，未曾謀面的父親從南洋回來，身邊帶著在異地另娶的阿姨，和年僅三歲的女兒。母親無法接受丈夫的不忠，更不能接納這對母女，從父親踏進家門的那一刻起，百合平靜的童年宣告結束，從此家庭生活在不斷的爭吵中度過。

孤獨的宿命

有一次，母親娘家的人和「阿姨」發生嚴重的衝突，阿姨被打得渾身是血，驚恐的百合看著阿姨無言地抹去嘴角的血痕，將沾滿了血跡的衣服脫下，仔仔細細包好的動作；那時阿姨怨恨的眼神，和那件血衣，事隔多年後想起，仍讓她不寒而慄！

沒多久，父親帶著阿姨與同父異母的妹妹離開了臺灣；然而，母親也不告而別，從此她和祖父母一起過生活。她非常依賴祖母，國小畢業後，順著祖母的意思留在家裡，幫忙做家事，並利用空閒學裁縫，雖然同學都笑她傻，可是她一點也不在意，因為祖母是她最重要的依靠。

有了祖母的愛，讓她生活不再孤單；隨著時光消逝，百合漸漸長大，十七歲那一年，祖母離開人間，她失去了唯一的依靠，整個人像是洩了氣的球，短短一個月內就瘦了十幾公斤，一顆心像被掏空一樣，飄飄茫茫。原以為父親會回來奔喪，沒想到希望還是落空，再次見到久別的母親，也無法填補她空虛的心靈。「孤獨」好像是她的宿命，一如她的名字「百合」——一株在空谷中孤單綻放的百合花。

二十一歲那年，她結婚了，先生及公婆都非常疼惜她，百合以為幸福終於降臨，奈何，只維持了短短的五年。先生為了整修家裡的頂樓，不慎誤觸高壓電而往生，讓她再次失去了至愛的親人。

先生的往生，她沒有悲傷太久，兩個嗷嗷待哺的幼子，喚起了堅強的母性，她擦乾眼淚，堅定地告訴自己：「半夜思念父母的痛，絕不讓它重演；不管未來日子如何艱難，絕不拋棄孩子，讓他們成為孤兒。」

難解的誤會

雖然獨力撫養兩個孩子的日子過得辛苦，但仍充滿希望。百合的母親再嫁後的婚姻很美滿，不忍心看見女兒辛苦獨撐，總勸她說：「窟無水，嘛麥湜飼人ㄟ魚。」（臺語，暗喻一個女人失去了丈夫的依靠，是無法獨立扶養孩子長大成人的，希望女人改嫁，追求自己的幸福。）沒想到，這句話輾轉傳到了公婆的耳裡，造成他們的誤解，以為百合一定會和她的母親一樣想再嫁，給她的錢到最後都會變成別人的，因此公婆不再給她一分錢。為了生活，百合利用晚上時間做裁縫工作，貼補母子的開銷。

有一天，母親送給公婆的大餅，原封不動地放在桌上，百合心想：「餅已經放好多天了，再不吃會壞掉。」因此將餅拿去送人。沒想到她剛從外頭踏進家門，公公竟憤怒地質問：「餅拿給誰了？馬上去給我拿回來！」任憑百合怎麼解釋都沒有用，公公像火山爆發似的怒氣讓她又驚又

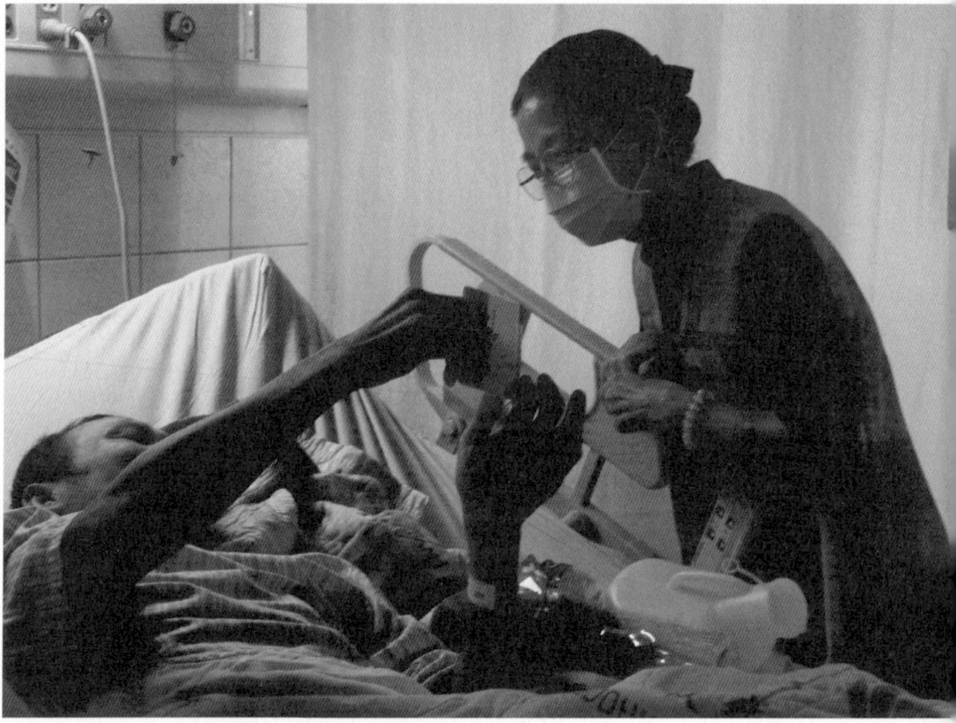

2009年曾百合在大林慈濟醫院與病患分享《靜思語》（上圖）。2005年曾百合戴上老花眼鏡，聚精會神地車縫福慧袋（左圖）。

在大街小巷穿梭收功德款，曾百合靠的是騎腳踏車。

急，奪門而出。

一路上，百合的內心如奔騰的江河，過往的委屈一幕幕在腦中盤旋，不知不覺竟走到孩子就讀的學校，心想，既然「家」回不去，孩子是她的支柱，無論如何也要帶他們一起走；正要進校門時，她發現公公就在她背後不遠的地方，心裡一驚，不敢進校門，轉頭就走。

驚惶失措的她快速地走著，不時回頭張望，發覺公公仍跟在她後面，百合不斷盤算著：「孩子帶不走，自己又身無分文，該怎麼辦？」在不斷翻滾的思緒中突然出現「婦女會」三個字——一個可以幫女人解決問題的地方，好像黑暗中乍現的曙光，讓百合有勇氣放慢腳步，轉身走向公公，邀他一起到婦女會，希望能化解一切的恩怨與誤解。

綻放的百合

在婦女會工作人員的協調下，公公答應每個月給她一百五十元，但事情發展到這個地步，被小姑視為家醜外揚，更不能原諒百合，而百合覺得每個月伸手向人要錢，總不是長久之計。當她得知高雄加工出口區製衣廠在招募女工，為了孩子的將來，她毅然決定離開屏東，隻身到高雄工作。公婆不能諒解她為什麼非要離家？又擔心她將孫子帶走，不准她回家看孩子，兩個孩子被迫留在屏東。她非常思念孩子，只能利用孩子上課的時候，偷偷地跑到學校探望。

對於媽媽的離開，才讀幼稚園大班的小兒子無法理解，也不能諒解，這讓獨自為生活打拚的百合非常心痛，擔心孩子在學校受到委屈，只能請老師多多關照兩個孩子。

她就像幽谷中的野百合，堅韌挺拔地綻放著。百合在高雄工作多年，一直未嫁，公婆到高雄探望之後，才相信她的堅持，願意幫忙開導小孫子，讓他了解媽媽的苦心，並同意孫子到高雄與她同住，百合母子終於得以團圓。

一個女人帶著兩個孩子生活，一切開銷都需要錢，但百合從生活磨難中挺過來，更能體會窮苦人的處境，在有能力之餘，也捐款給慈善團體。為了想知道自己繳了好幾年的善款到底用到哪裡去了？一九八九年她參加佛教慈濟功德會所辦舉的「花蓮尋根之旅」，隨著慈濟委員到靜思精舍參訪，她純粹只是想知道自己是不是被慈濟騙了。當她走訪簡樸的靜思精舍，看到證嚴上人和他的弟子堅持「一日不做，一日不食」的生活，她明白自己的錢，是一分一毫都給了苦難的人們，親睹這樣的情景，觸動了她的內心，她發下願望，要幫忙慈濟做勸募善款的工作。

但是她的個性內向、自尊心又強，平時就很少和同事打交道，要如何開口向人募款？她不斷地自我喊話，告訴自己「要放下，要放下」，一次又一次地逼自己開口，與人分享慈濟的好。

從參與活動中，她希望能成為慈濟委員，但又煩惱不會騎機車，不但做不了事情，還會成為別人的負擔；於是，她騎腳踏車到處去收功德款，想成為慈濟委員的心願，仍一直盤旋在她的心中。有一天，巧遇慈濟委員李素琴，相談之後，得知對方也只會騎腳踏車，卻依然在慈濟世界裡「通行無阻」，她像吃了定心丸般，暗自下了一個別人無法理解的決定。

就在她得知騎腳踏車也可以「做慈濟」之後，她隨即提前退休，沒有工作的壓力，她要做全職志工，這個決定讓李素琴嚇了一跳，一度還替她擔心經濟問題。百合如願在一九九九年受證成為慈濟委員，兩年後，還以分期方式，捐給慈濟一百萬元，成為榮譽董事。

以愛化礙

百合在慈濟世界中找到了快樂的泉源與人生的依歸，生命開始有了不一樣的格局，山谷中的「百合」不再獨自芳香，她走入人群，隨著當醫院志工服務病患，以及愛灑鄰里的活動，將「付出」的法喜散播在病苦和都市的冷漠中。

慈濟歲末祝福的活動之前，她幫忙整合人力，在一個月內趕出兩萬個活動中要用的「福慧」袋。她戴著老花眼鏡，嚴格地審視著每一個製作過程；紗質的「福慧」袋車縫不易，她卻不曾皺一下眉頭，品質與速度都符合要求。

過往的恩怨，她不再回頭看，也沒空回憶殘缺的一生。加入慈濟後，她體悟到上人說的：「前腳走，後腳放。」她將生病行動不便的婆婆接到高雄照顧，她的付出感動了小姑們，也化解多年來的嫌隙。

想到當年阿姨用滿腔的恨意所封存的那件血衣，那時不寒而慄的感覺，多年後的現在，已化為深深的不捨；現在的她，心中只剩下一個願望，衷心地希望在新加坡的阿姨也能走入慈濟，放下怨恨，像她一樣，擁有輕安自在的人生。

洪素貞 ◎一九六五年生，臺中市人，一九九四年投入慈濟志工募款工作，二〇〇〇年受證成為慈濟委員，法號慮緡。個性恬靜寡言；早婚的她，面臨一連串來自家庭的嚴酷考驗。面對女兒青春期的叛逆，她以證嚴上人的法、菩薩的愛，尋回女兒的純真本性。

我就這樣走過來

林淑懷

個子嬌小的洪素貞，有著恬靜的外表，十九歲就結婚；雖然爸爸極力反對，素貞還是與自己喜歡的對象結婚了，爸爸說：「妳堅持要嫁他，以後若遇到問題，就不要回來哭訴！」

素貞婚後的第二年，一對兒女相繼出生。公公、婆婆是佃農，在三七五減租的政策實施後，婆婆領到了一筆高額補償金，卻因為不瞭解法令，問題便接踵而來……

那一天，家裡收到稅捐單位寄來一張催繳帳單，通知婆婆逃漏稅，讓全家人很錯愕。為了要補繳稅款，先生常與婆婆起爭執，素貞與小姑趕緊辦妥了補繳手續；想不到，三個月後，不知何故，又收到罰款單，頓時，讓婆婆的心情一下子跌到谷底，房子因此被查封，一家人無處可住，只能在外租房子。

身心俱疲的媳婦

一切狀況尚未平歇，大伯因為婚變的關係，將婆婆買給他的房子變賣，無法承受接連突如其來的打擊，婆婆因而中風，從此生活起居、餵食、更衣換洗、拍背做復健，全落在素貞身上，在她細心照料半年後，婆婆漸漸才能手持枴杖走路。

有一天清晨，素貞一如往昔煮著帶點兒水分的粥給婆婆，打掃完家裡的環境後，約莫八點多，正準備倒垃圾時，看見手拄著枴杖的婆婆，另一手端著一碗粥，走到客廳門前，大聲喧嚷著：「你們看，你們看，這是我媳婦煮的粥啦！煮這樣子，教我怎麼吃？」就這樣，婆婆將手上的粥潑出門外，庭院滿地都是米飯，鄰居們見狀，彼此交頭接耳討論著，素貞很難過，卻又不知該如何是好？碗破了，粥也撒散得庭院到處都是，她只得含著淚水把花園裡的亂象恢復原貌。

日子在煎熬中度過，半年後，婆婆再度中風，這次更嚴重，不但全身癱瘓，只有一隻手稍微能動。因臥病在床又無法言語，婆婆的心情鬱悶又消極，整天哭鬧不休。婆婆的床邊放著一根竹子，她常用竹子敲打叫人。有一回，婆婆又發起脾氣來，她用竹子把穿過的紙尿褲，從垃圾桶裡挑出後搓破，接著又將搓破的紙尿片甩散四處，異味刺鼻難聞；先生看到婆婆又使性子，對著她說：「您怎麼這樣啦！人家都已經這樣照顧您了，您還要怎樣？」素貞每遇到婆婆的刁難，心中總有說不出的酸苦，壓抑在心中

洪素貞曾祈求觀世音菩薩把孩子帶在身邊，也許是虔誠願力所賜，孩子轉變後，讓她可以更無罣礙做慈濟事。

洪素貞（左）與慈濟志工用心布置浴佛活動現場（上圖）。洪素貞十九歲結婚時含羞帶怯的模樣（右圖）。

的事愈積愈多，她只有忍耐，長期下來，卻出現了頭痛的症狀。

婚姻像苦澀的蘋果心

素貞與先生相差七歲，原本是該被呵護疼惜的。她的戀愛過程，就像蘋果添加蜂蜜般甜蜜；沒想到婚姻卻像煮過的蘋果心，苦澀得無法讓人接受。強勢的先生看待她有如孩子般，凡事苛刻嚴厲。某個晚上，全家一起用餐時，素貞回了一句先生不中意聽的話，他馬上翻臉，瞪大眼睛直視著她，雙手重重地往餐桌上拍了下去，「砰！」一聲，素貞被突來的動作嚇住了，瞬間眼淚湧出，含在嘴裡的一口飯還沒吞下，便轉身衝上樓，鎖住房門……不一會兒，還沒來得及拿衛生紙擦眼淚，已傳來女兒的叫喚聲，傳達先生的意思，要她趕快下樓吃飯。雖然素貞很無奈，只能忍住心中的悲傷，下樓把晚餐吃完。

透過孩子補習班老師的介紹，素貞認識了「臺中佛教蓮社」；第一次來到蓮社的佛寺，走入大殿看到觀世音菩薩，她宛如很久沒回家的孩子見到母親般，淚水滑落臉頰，心靈彷彿找到出口處，她問菩薩：「為什麼我過得這麼苦？」後來因為上插花課的機會，讓她認識慈濟。農曆每個月初一，她就到慈濟臺中分會聆聽證嚴上人的開示。有一天，上人談到浴佛節的意義時，提起了「每年浴佛節，佛教徒都用一顆最虔誠的心到各佛寺浴佛，但是，其實每個人家中的長輩就是活生生的佛菩薩，是否您也用相同的態度在為家中的菩薩浴佛呢？」這一席話直入素貞的心，有如洗滌內心的污濁與煩惱。從那天開始，每次幫婆婆洗澡時，便提醒自己要以歡喜心面對，就像在「浴佛」一樣。

參加慈濟的初期，素貞總是不敢告訴先生，幾年後，她希望成為慈濟委員，然而，完成培訓課程須要前往花蓮「尋根」，由於先生並不了解，所以無法認同。雖然因緣未成熟，但不死心的她依舊沒有退轉，隔年，再度向先生提起「前往花蓮尋根」一事，先生不發一語，素貞以為沒問題了。而且慈濟志工甘美華來她家訪問時，寬慰先生說：「素貞受證之後一樣可以把家裡、婆婆、小孩，以及您的事業照顧好，多餘的時間才會投入志工活動，請您放心。」

素貞順利出門到了花蓮後，不放心地撥了電話回家，女兒卻告訴她：「媽媽，妳早上出去之後，爸爸將妳有關慈濟的東西都打包帶出去丟掉了。」

素貞難過得整夜無法入眠：「怎麼辦？這麼多年了，該做的已盡心盡力，為什麼你還這樣對我呢？」

尋根課程圓緣的場合，上人送給每位學員小小的玻璃瓶罐，裡頭裝著兩顆相思豆及一張《靜思語》卡片。素貞把卡片捧在手心，看見上頭寫著「自在」兩字時，她整顆心完全地放下了；霎時，她明白被先生丟掉的東西，只是身外之物，真正的東西在心裡，任憑誰也無法取走。

受證時，她告訴自己：「路再難走，也要堅持到底。」好不容易先生這關通過了，可是女兒給她的考驗又像一顆石子沉入大海，讓她墜向無底的深淵。

渴求父母關懷的女兒

從小活潑好動的女兒，圓圓的臉蛋很討人喜歡。女兒就讀國二時的某個午後，素貞帶著她到超級市場，準備購買禮品送給朋友，母女倆走著走著，女兒忽然說要自己逛，素貞沒多想，隨口就答應了。一小時後，不見女兒的蹤影，明明說好時間在約定的地點碰面，素貞卻苦等不到人，裡裡外外找了又找，心慌意亂之下打了電話回家，換來的是先生的一頓斥責。

直到晚上十點多，接到警察局來了電話，素貞和先生急忙直奔警察局，才知道女兒在超市偷拿一盒照相底片，被超市的主管扭送到警局來。夫妻倆聽完詳情，忍不住哭了；原來，女兒以為爸爸媽媽偏心不愛她，只愛比較乖巧聽話的弟弟，為了要引起爸爸媽媽對她的注意，她偷了幾百塊錢的一盒軟片，知道自己闖禍，傷透了爸爸媽媽的心，事情過後一段時間，女兒的心情才逐漸緩和下來。

平靜的日子，並沒有維持多久，女兒讀高一時，因為與同儕間相處不睦而休學，那時素貞與先生忙於創業，沒有空去理會孩子出了什麼問題。女兒休學後，又回學校找同學；因為無法進入校內，她竟然翻爬圍牆，不慎被圍牆所加裝的鐵片，割斷了兩隻手指頭的韌帶。

素貞趕緊帶著女兒到醫院做接縫手術，醫生告訴她一定要利用接縫後半個月的黃金期做復健。復健期間，女兒痛得難以承受，醫生重新照X光片，發現韌帶沒有接好，必須再次開刀。開過第二次刀後同樣要配合復健，哪知復健效果不佳，韌帶再次斷掉，醫生只好從她的大腿骨旁取了韌帶，再動第三刀重新接合。

女兒剛強的個性，叛逆的情況遠遠超過素貞的想像，她常惹得先生大發脾氣，先生不是用罵的，就是用打的，素貞請求先生不要再打罵女兒了，她說：「好話、壞話只要從父母嘴裡講出來，一切就如願，請你多說些祝福的話給孩子吧！」

女兒個性好強，屢勸不聽。她選擇在泡沫紅茶店打工，每到夜晚十一點了，還不見她的蹤影。素貞夫妻倆便開著車到處找尋，這樣的日子過了有半年之久。素貞心知肚明，孩子不回來，是因為這個家的規矩太多；父母管教太過嚴格，爸爸經常破口罵人，不給好臉色看，女兒的生活便漸漸走了樣。

有一天晚上，女兒提著行李準備離家出走。素貞驚見，即時鎖住樓下大門，好言相勸想留住女兒，但是她不加理會，離家的心強烈得不由分說，大門出不去，她索性直奔二樓準備從陽臺往下跳……素貞情急之下喚住女兒：「妳不要這樣啦！妳不要嚇我喔！」媽媽的聲聲呼喚，怎麼也抵擋不過女兒的決定，素貞只能順著她，悵然地目送她從大門離去；她含淚叮囑女兒：「妳住在外面要懂得保護自己，若遇到任何問題，記得要打電話回家，想家時就搬回來，家裡的大門隨時為妳開著……」

經過半年，女兒辭掉泡沫紅茶店的工作，到夜市擺攤賣女用飾品，每天從午後兩點到深夜兩點才收攤，作息日夜顛倒，穿著打扮開始變樣，時常染髮及變換髮型，曾經一個月更換多次髮色與造型。

女兒凡事與父母唱反調，高中就念了七年，做事總是三分鐘熱度；她全身上下刺青、穿耳洞、鼻洞、舌洞、手洞，看在素貞眼裡，心如刀割。「為什麼兒子乖巧，女兒卻狀況不斷？這真是上輩子結來的緣嗎？」素貞不只一次地問自己。

虔誠願力把愛找回來

女兒的奇裝異服，新潮搞怪，讓個性剛烈、作風強勢的先生終於忍耐不住，對著素貞大吼：「妳真要這樣放任妳女兒嗎？以後我只要知道這個人還存在就好，再也不去管她變成什麼樣了。」

素貞苦口婆心勸慰先生：「女兒跟爸爸所結的緣最深，希望你多愛她、關心她；孩子都已經變成這樣了，唯有我們的愛才能讓女兒恢復原來的本性。」

有一年，素貞前往花蓮參加每個月一次的「懿德日」（專門陪伴就讀慈濟學校學生的志工稱懿德爸爸、懿德媽媽）。當晚將行李安置後，她一個人走到靜思堂的感恩廳，以虔誠的心對著觀世音菩薩說：「祈求觀世音菩薩把孩子帶在身邊，引導她來做利益社會大眾的菩薩。」

隔天，素貞從花蓮回到家，女兒突然回來，告訴她說：「媽媽，我前天跟朋友出去玩，不知道為什麼心裡總想著要回家，整天心情就是很悶很悶；騎著機車，卻不知道為什麼淚水好像關不住的水龍頭，一路流著回到家。」女兒對她懺悔過去的無知，讓父母擔心這麼多年。素貞心想：「是虔誠願力所賜啊！」

看到女兒一天一天地改變，素貞發現孩子真的長大了。女兒高中畢業後，繼續升學四技二專；有一天，女兒突然仰頭問素貞：「媽媽，妳身為慈濟志工，今天有我這樣的女兒，會不會讓妳很沒面子？」遲來的一句話，溫暖了素貞的心，她笑著、想著——女兒已不再是七年前那個不懂事的黃毛丫頭了。

一路陪伴孩子走來，素貞體會到養育子女，不只要給他們安穩無憂的生活環境，更重要的是以愛陪伴，才能貼近他們的想法。素貞對孩子及家庭的付出，先生看在眼裡，而她對慈濟的投入及苦心，不但讓先生成為慈濟的榮譽董事，也讓他開始為慈濟募款。

經過這麼多年的風風雨雨，讓素貞體悟到這一切都是好因緣、好造化，她要好好珍惜。

吳碧雲 ◎一九三六年生於臺北縣平溪鄉的菁桐坑。五歲遷居到臺北，父親經營雜貨店生意。十二歲時，父親因病往生，身為長女的她，顧店之餘，還要照顧弟妹。二十四歲與胡永昌結婚，育有兩女三男。婚後日子過得很辛苦。在生命最脆弱的時刻，無意間，看到《慈濟》，牽起與慈濟的因緣，以為人生就此順遂，不料……

一盞明燈

徐璟宜

位於中華路巷子內的一家自助餐店裡，吳碧雲忙著清洗剛剛才買回來的菜，一旁還有一堆沒有清洗的鍋碗正等著她，慌忙中，還來不及擦汗，客人就已經上門了。她又立刻起身招呼，這樣緊張忙碌的生活，讓她沒有時間喊累。

然而，個性木訥的碧雲，總是無法獲得公婆的疼愛，公公常會隨便找個理由對她罵個不休，雖然受盡委屈，但她不敢還口；她努力地工作，希望改善與公公之間的關係。

哭訴無門的苦

有一天，大女兒不知怎地，把小兒子從樓梯推下，碧雲氣得大聲斥責孩子，沒想到引來公公的不悅，加上婆婆在旁一起數落她，公公更是火冒三丈，破口大罵，還要打她，碧雲忍不住說：「我今天不願意再挨您打了！」

話還沒說完，公公追過來出手就要打她，這次碧雲終於還手，她使盡全力把公公推到冰箱前，這突如其來的動作，讓公公嚇得臉色蒼白，碧雲一看情勢不對勁，趕緊放手，公公不甘心，拿起一旁的椅子作勢要打她……

先生胡永昌站在一旁不敢吭聲，店裡的客人為碧雲忿忿不平地嚷著：

「世界上哪有當公公的一天到晚打媳婦，真是太無理了！」

這樣吵吵鬧鬧的日子，讓碧雲心中堆積的苦，不知向誰訴說才好？

年復一年過去，店裡的生意漸漸清淡，公婆年紀也大了，碧雲決定轉行，但不知從何開始？公婆竟迷上賭博，積欠一筆債務，加上店裡生意時常入不敷出，她無奈地向債主懇求分期償還，慢慢才度過難關。

結束了自助餐的生意，一切要重新開始，碧雲舉家搬遷到木柵，先生也改以開計程車為業，每月固定拿五百元給妻子，其餘全數交給父母；碧雲則做手工貼補家用，為了養家、償還債款，每一筆開銷她都精打細算，生活的重擔壓得她幾乎喘不過氣來。

忽然有一天，婆婆中風住院，家裡缺錢的情況愈加嚴重，碧雲只得標會來支付醫藥費，解決燃眉之急。面對龐大的負擔，她靠上班所賺的薪水償還債務。豈知公公好賭成性，竟然以媳婦的名義到處借錢，這可氣壞了碧雲，不堪的處境無異雪上加霜。

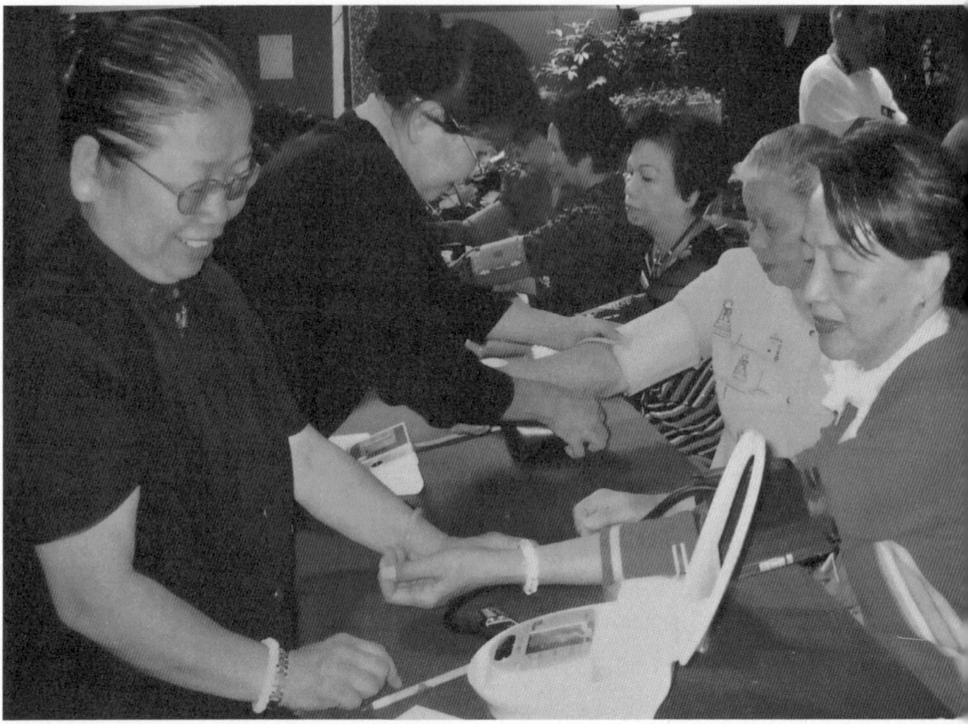

2006年10月吳碧雲（左）於北區新泰聯絡處為會眾量血壓（上圖）。吳碧雲與先生及孩子於2009年9月合影（左圖）。

2009年9月回花蓮靜思精舍時與常住師父們合影。

公公多年的糖尿病、心臟病宿疾，也在此時復發，碧雲只好晚上上班，白天照顧他；當公公往生時，碧雲再次標會辦理喪事。而後幾年，家中陸續發生多件災禍——五個孩子在家玩火，差點釀成火災；大兒子志文跌落滾燙的熱鍋裡，險些出了人命；自己又體弱多病，這個家為何諸事不順呢？她左思右想，實在想不透……

曙光乍現

事事都不順，讓碧雲想找個心靈可以依靠的地方。一九七六年，她到景美的一家佛堂禮佛，暫時的平靜，讓她心情舒坦許多，無意間在佛堂一角的書架上看到一本薄薄的、封面寫著《證嚴法師的慈濟世界》字眼的小冊子，翻看內容，裡面記載花蓮有一位慈悲的師父，做許多救濟窮人的善事，當下她受到這些慈悲的事蹟所感動……沒想到這個社會上還有那麼多生活困苦的人，也對冊子裡提到的證嚴法師及慈濟志工生起崇敬之心。她發現冊子裡頭附有一張捐款劃撥單，填好劃撥單準備找時間去郵局匯錢；後來卻因忙於家事，時間一久，就此擱了下來，遲遲沒有行動。

「花蓮有一位很慈悲的師父，想要蓋醫院救人……」當她再度前往佛堂時，聽到慈濟志工張月裡正向大家介紹慈濟，她很好奇地趨前，輕聲說：「我也要參加救人。」

救人的念頭雖然常在腦海湧現，但為三餐奔忙的腳步總是占據了生活的空間。為了有固定的收入，碧雲後來到木柵的一家電子公司上班，工作了一段時間後，她時常感覺脖子有些痠痛，雙腳也出現水腫現象，接著還有頭暈目眩的症狀，讓她不知該如何是好？有一天，晚餐煮好後，她突然覺得很不舒服，索性躺在床上休息。

躺在床上的碧雲，感到身體的不適，卻無人關心，不由得顧影自憐起來，她愈想愈難過，淚水不禁潸然而下……

身體尚未復原之際，讓她更難過的是，先生有了外遇。這深重的打擊，讓碧雲簡直招架不住，心情錯綜複雜，充滿無力感，想想多年來為這個家的付出，她覺得真不值得；仔細思索，如今為了生活，她實在沒有多餘的心力再管先生的事，「就隨他去吧！」她想，只要孩子平安健康就好。

就在她深感無奈之際，想起早前在佛堂拿到的那本小冊子，碧雲一心想要到花蓮靜思精舍走一趟，她與張月裡取得聯繫，表達想要前往花蓮的意願。

她想到自己坎坷的人生——公婆不疼愛，夫妻關係欠和諧，內心百般無奈；可是，首次要出遠門，她的內心還是有些忐忑不安，她不想一個人走慈濟路，於是，她試著與永昌溝通，經過足足三個月的努力，她終於說服永昌，達成兩人同行的心願。

在靜思精舍，看見證嚴上人領眾虔誠禮拜《藥師經》，莊嚴行儀與經藏融為一體的氛圍，讓碧雲看得讚歎不已；而永昌在參觀精舍師父做嬰兒鞋加工後，為他們自力更生、不接受供養的堅持感到欽佩。從那次之後，碧雲投入慈濟當志工，先生也不再反對了。

艱巨的考驗

原以為人生就此順遂，不料，隔年碧雲生了一場病，每天早上精神很好；到了晚上，卻連拿掃把的力氣都沒有。吃了藥，身體就不痛；可是當藥效過後，全身又是軟趴趴地，站也站不起來。莫名的病痛，讓她的心情跌落谷底。

「我不甘願人生就這麼頹廢下去，我要堅強起來，幫師父募款。」強忍病痛折磨，她堅定地告訴自己。

碧雲每天拖著病痛的身體，搭車從臺北到木柵的公司上班，儘管路程有點遠，在這之前身子硬朗時並不覺得難過；病了後，禁不起舟車勞頓，於是買了一部車，希望永昌能載她上下班。沒想到，不久後公司遷廠，她因而被資遣。新買的轎車正好符合先生的需要——載女朋友出遊；碧雲為此氣得和先生冷戰了好長一段時間。

就在這個時候，月裡邀約她一起到醫院當志工。碧雲心想，與其整天坐困愁城，不如試著走出去，便欣然答應。

在醫院裡，每天作息正常，心情變好了。碧雲透過服務別人的過程中，忘記了身體的病痛，還學會了如何按摩穴道，以及生機飲食的療法。約莫半年後，身體慢慢康復。在醫院裡，她看到病患與病魔搏鬥的痛苦，慶幸自己能重獲健康，因此發願要持續為人群付出。

快樂志工行

一九八六年花蓮慈濟醫院正式啟業後，她到醫院當志工，待了十三天，無論是幫忙縫製床單、引導病人就診，或是到廚房幫忙洗菜，任何工作她都做得很歡喜，雖然身體有些勞累，但心靈的快樂卻無可比擬。

想起第一次到靜思精舍時，上人殷切的叮嚀，她做慈濟的心就愈堅定。「一百元可以救人，可以做好事喔！」她逢人就說慈濟。慢慢地，會員愈來愈多，遍布桃園的八德、南崁，臺北的土城、汐止……每天忙到很晚才回家。為了募款奔走，她兩個月要換一雙新的繡花鞋，腳底時常磨出水泡；當天氣寒冷時，用圍巾把自己裹得只露出兩顆烏溜溜的眼珠子，呼氣時還會冒出一團團的白煙；仲夏之際，路過百貨公司時，她就趕緊跑到門口吹冷氣，享受片刻的清涼……

募款的過程很辛苦，可是一想到：「當初上人在看濟貧的個案時，腳底都磨出了鮮血，自己吃這一點苦又算得了什麼呢？」

慈濟醫院啟業的第二年，碧雲再次到靜思精舍參加「打佛七」。臨行前，為家人準備了一個星期的食物。在整理冰箱時，她不慎將冰箱戳了一個小洞，雖試著用膠布黏貼，還是無法修補，而出發時間又迫在眉睫，只好把食物寄存到鄰居家。

在這七天裡，碧雲回顧自己的婚姻路，沒有太多的幸福，只有身心俱疲的折磨；她滿腹委屈，淚水像潰了堤的洪水，止也止不住。就這樣，連續哭了七天，連一通電話也沒打回家，更別提食物寄存的事。想到永昌的出軌，她要趁此機會好好教訓他。

「……欠人的債要歡喜還，否則下輩子還要加利息。」才剛燃起了恨意，耳邊隨即聽到上人慈藹的聲音：「普天有三無：普天之下沒有我不原諒的人、普天之下沒有我不愛的人、普天之下沒有我不信任的人，要化小愛為大愛，為別人去付出。」

頓時，她錯愕不已，「莫非上人已經透視我的內心世界？」

長期以來，婆媳與夫妻之間的難題，每天不斷地重複上演，使碧雲身心飽受煎熬，幾乎崩潰。自從「打佛七」聽了上人的開示後，碧雲轉變心念，學會用感恩心看待身邊的人事物，「普天三無」這帖良藥讓她的傷口漸漸癒合。

碧雲不在家的日子，永昌要做家事，還要照顧五個幼小的孩子，血壓直線飆升。當碧雲一回到家，看到先生不舒服的樣子，拋開之前的不悅，趕緊打降血壓的果汁給先生喝。

撥雲見日

九月十七日這天是慈濟護專的開學日，碧雲帶了四十幾人搭乘「慈濟列車」前往花蓮參訪，她與永昌同行。在火車上，林松典師兄誠懇邀約永昌加入慈濟的「保全組」，碧雲也從旁鼓勵著說：「機會難得，這項勤務很適合你，要好好把握。」

回家後，永昌似乎把這件事拋到九霄雲外，依然我行我素；碧雲知道自己不可能改變他，決定先改變自己。

怎知有一天，永昌突然向她表明：「太太，我要和她分手，希望妳和我一起去找她談……」先生的決定，著實讓碧雲萬分震驚。

一個風和日麗的午後，夫妻兩人到了「她」家。門一打開，碧雲無來由地遭到辱罵，碧雲把唇一咬，鐵了心想成全這個女人。在談判中，她決定以三百萬元把永昌「賣」給對方，這下換成「她」嚇了一跳，立時啞口無言。一旁的永昌看著兩個女人的唇槍舌戰，不發一語。回家後，當「她」再次來電騷擾時，碧雲淡淡地回答：「對不起，妳打錯電話了，這裡是殯儀館。」一場糾纏不清的戲碼，終於落幕。

一九九〇年，永昌開始積極投入慈濟的「保全組」（慈誠隊的前身）。回到社區，他承擔起「交通幹事」的職務，長達六年。負責每個月四次的「慈濟列車」往返臺北、花蓮間的票務工作，這個工作非常辛苦，為了買車票，常常得去火車站站崗，但永昌從不抱怨，將辛苦化為幸福。

從此以後，他每天開著車，婦唱夫隨，四處與人結好緣，每個月有二十五天是收善款的日子；夫妻倆心心念念的都是慈濟事。

二〇〇七年的夏天，老天爺彷彿和碧雲開了一個大玩笑，健康檢查時發現罹患乳癌末期；聽到醫師的宣布，她沒有惶恐，沒有憂心。反而一邊接受化療，一邊加緊腳步做慈濟。她利用每週一次做完化療的日子，下午就做半日「醫院志工」，她總是對人說：「我能做，就是賺到了。」

慈濟志工李錦玲在慈濟臺北分會看到永昌獨自在靜思書軒忙著，她好奇地問：「師兄，碧雲師姊呢？」

「她累了，在那裡休息。」錦玲順著他的手勢望過去，看到碧雲趴在休息室的桌上，一旁小孫子乖巧地陪在奶奶身邊，看到這一幕，錦玲不捨的淚水奪眶而出。

這對恩愛夫妻，情深不在言語而在行動的好默契，讓錦玲既感動又心疼。眼看著老伴的生命一天一天消逝，永昌的心中有萬般不捨與傷痛，他每天開著車，無怨無悔地護持、陪伴，讓碧雲做她最想做的「慈濟」。

碧雲的堅持，改變了先生，也感動了家人。兒子胡志文已經受證成為「慈誠」，二媳婦鄧明珠也參加社區志工培訓，有家人接棒「做慈濟」是她最感欣慰的事。

碧雲以寬容的心，走出原本困頓的人生，勇敢迎向陽光之後，遍灑大愛的種子，彷彿深夜裡的一盞明燈，照亮黑暗的角落。

「身體只是一個臭皮囊，我現在是天天『過秒關』，再不努力做慈濟就來不及了！」碧雲發願要做到生命的最後一口氣，生生世世做上人的好弟子。

黃明瑩 ◎一九五二年生於彰化縣鹿港鎮。二十幾歲時，不顧父親反對，嫁給年紀比她小的男人，然而對婆家點滴的付出，總是得不到婆婆的肯定，長期的挫敗與委屈，使她三十歲時，看起來比五十幾歲還要老，更讓她曾經有過輕生的念頭。直到接觸了慈濟，抱著一顆感恩的心，終於改善了婆媳的關係……

破繭

徐秋瑩

出生於鹿港漁村的黃明瑩，父親以捕魚為業，讀初中時，因為家境貧困，無法完成學業，老師因為覺得十分婉惜，特別介紹她到臺中一家診所當藥劑生，但是明瑩心中一直希望有機會，還要繼續求學。後來，她辭去診所的工作，隻身到臺北投靠二姊，並且跟著姑姑學習裁縫，白天在工廠工作，晚上讀高中補校，雖然很辛苦，但總算可以一圓讀書夢。

隨著歲月的流逝，雙十年華的明瑩，美麗出眾，在航空貨運公司工作，留著飄逸的長髮，加上辦事能力強，人緣好、記性佳，獲得許多同事的稱讚。

明瑩的身邊總是不乏追求者，但是姻緣天注定，知名外商公司國外部經理殷勤的追求，她都不為所動。當時還在念補校的她，有時因公司業務繁忙較晚下班，又要趕著上課，這時，同事劉昭賢為了引起她的注意，總會在下班後，故意留下來，適時地順道送她。經過一段時間的觀察，明瑩被他的真誠所感動；於是，她決定將一生的幸福交給了他。

不被疼愛的媳婦

然而，父親卻反對她與劉昭賢交往，擔心女兒比對方大兩歲，怕女人比男人老得快。但是明瑩堅持嫁給他，父親經過幾次勸說無效，憤怒又傷心地告訴女兒：「以後妳若被拋棄了，就不要回來！」

先生是養子，對養父母非常孝順。明瑩嫁入劉家，才知道婆婆和公公之間的感情不佳。由於長期缺乏丈夫的愛與關懷，婆婆對許多事都持負面的看法，對於入門的媳婦，態度總是不友善，儘管明瑩用盡各種方法，還是無法獲得婆婆的歡喜。

最讓明瑩不解的是，婆婆對領養來的女兒卻疼愛有加；女兒結婚時，婆婆驕傲地對人家說：「我女兒從來沒做過任何家事，就連一條手帕也沒洗過，內衣褲也都是我幫她洗的。」但是她對待媳婦卻是一百八十度的不同，「為什麼婆婆對待女兒和媳婦的方式差別這麼大？」明瑩告訴自己：「要努力，要爭一口氣，不要讓別人瞧不起。」

明瑩白天上班，晚上要做家事，當她懷孕時，婆婆還要她做手工，她不敢有絲毫怨言。結婚前明瑩每天帶便當，豐富的菜餚常讓同事羨慕不已，但嫁入劉家後，沒有人替她留菜，她的便當總是剩菜剩飯，寒酸的便當常讓同事看不過去，紛紛挾菜給她，後來她索性就不帶便當，改在公司

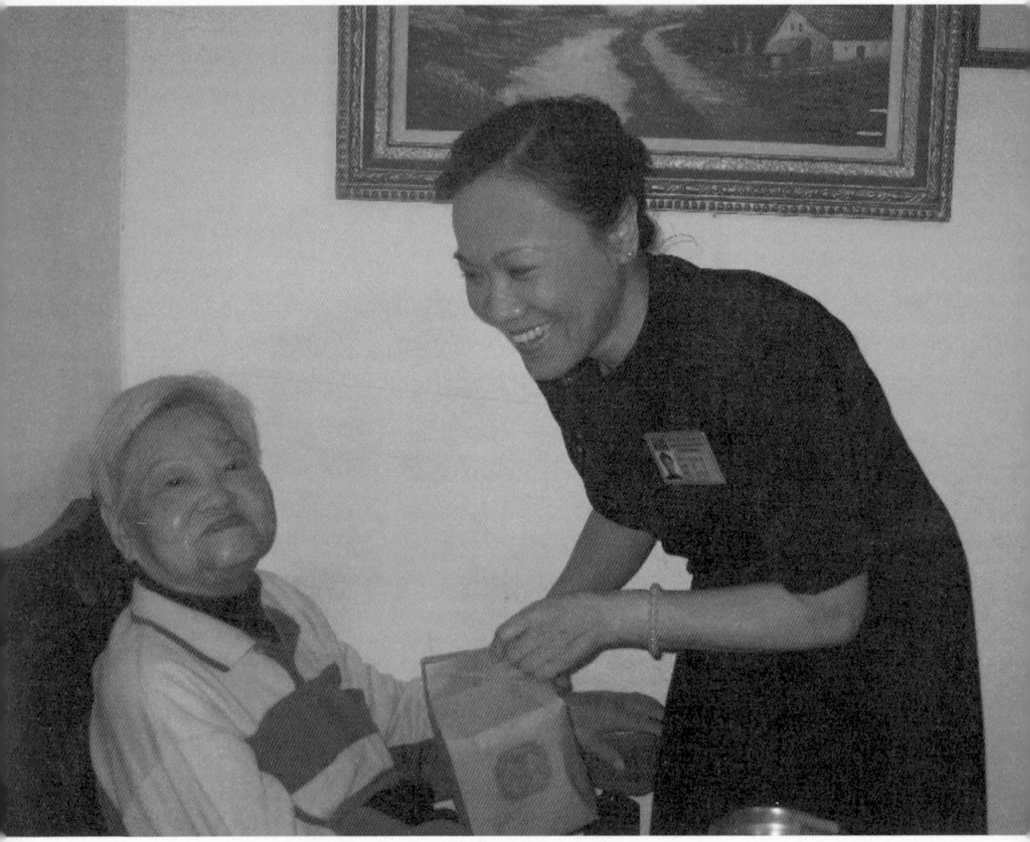

黃明瑩關懷獨居長者，笑容可掬獻上問候與祝福。

黃明瑩有三個乖巧懂事的孩子和用心守護自己的先生（上圖）。黃明瑩與先生辦慈濟茶會，接引會眾更瞭解慈濟理念（右圖）。

旁的小攤子吃碗十塊錢的湯麵，再配一盤十塊錢的小菜，卻被婆婆抱怨吃得太好，浪費錢；自此以後，每天上班等公車時，在站牌旁的麵包店，順手買個麵包加瓶牛奶，就是她的午餐。

當時她一個月薪水七千兩百元，不但要繳會錢五千元，還要給婆婆兩千元，自己身上只剩兩百元的生活費，日子在酸苦中度過。

萬念俱灰服藥輕生

她以為懷孕後，就可以改善婆婆的態度，卻沒料到生產的時候，由於胎位不正，她上了三次生產臺，最後，醫生建議剖腹生產，但婆婆怕花錢，不讓她開刀，近乎難產的痛苦經驗，足足讓她做了一年的惡夢。

接著再懷第二胎時，婆婆卻將明瑩預備用來坐月子的三萬元，全部拿去做油飯和麻油雞送人。坐月子期間，明瑩早餐沒得吃，只能等著先生從工廠帶一杯牛奶給她，為此她幾乎每天以淚洗面，整整哭了一個月，她真不知道，這婚姻是否還能再維持下去？

面對眼前的困境，明瑩只能認命、忍耐，連公公生病，她都努力學習注射藥物和餵食，公公無法言語，身邊放著鐵罐，需要呼喚她時，就將鐵罐叩叩敲響。明瑩對於劉家的付出，公公看在眼裡，知道她的辛苦，也曾讚許她，但她總得不到婆婆的肯定，長期的挫敗與委屈，使她在大女兒讀小學四年級時，有了輕生的念頭。

公公往生後，家人處理遺產出現了問題，率直的明瑩一句無心的話，引起婆婆勃然大怒，破口大罵，連髒話都脫口而出，未曾遭人如此對待的明瑩，難過地哭著回到房裡，原本期待先生的安慰，不料，先生只是冷冷地回她一句：「我們一個月又沒有給媽三、五萬元的生活費。」聽到他的回答，黃明瑩的心涼了半截——為劉家做牛做馬，盡其所能地付出，卻得到這樣的對待。

「我的人生還有什麼指望嗎？」愈想愈不甘，她就將公公未服用完的安眠藥全部吞下。

夜深人靜，劉昭賢發現長期失眠的太太卻睡得很熟，怎麼叫都叫不醒，如此反常的現象，讓他覺得奇怪，這才發現她服了安眠藥，緊急將她送醫急救，幸未釀成悲劇。雖然命被救了回來，但明瑩的內心有說不出的苦，不知何時才能解脫……

常住師父的開導

有一天，她從報紙上的副刊專欄中，看到介紹證嚴上人的文章裡頭寫著：「一般的師父建廟，但花蓮的師父建醫院。」明瑩心想：「這就是我想要追隨的師父。」

不久，剛巧堂嬸來店裡，明瑩向堂嬸提起想要捐錢給花蓮師父的事，於是，早已是慈濟會員的堂嬸，就介紹慈濟委員許玉摛與她認識。許玉摛為了讓明瑩認識慈濟，便邀請她到花蓮靜思精舍參訪。在那幽靜的環境裡，常住師父誠懇的開導與溫言軟語的關懷，讓她覺得好溫馨、好幸福！

然而，她的婚姻並沒有讓她覺得溫馨、幸福，反而自殺的念頭，經常盤旋腦際。她覺得自己作繭自縛，當初真傻，才會嫁給劉昭賢。那時許玉摘常到明瑩家關心，每次到她家，總是聽到公公丟擲鐵罐的聲音，氣氛非常不好。許玉摘看著明瑩，心想：「現在大概很難找到像她這麼乖的媳婦了，可是她為什麼不得人疼呢？」

那天在靜思精舍，沒見到上人，德慈師父與她談話，師父問她：「師兄好嗎？他抽菸嗎？喝酒嗎？還是賭博？」明瑩都搖頭表示：「沒有。」德慈師父又接著說：「妳要抱著一顆感恩的心，感恩婆婆把師兄養大，給妳一個這麼好的丈夫；而且妳不愁吃也不愁穿，天底下還有許多真正不幸的人。」

學會感恩婆婆

這一趟心靈之旅，讓明瑩心中不再有疑惑，回家的途中，她思考著：「不應該用自殺方式來懲罰自己，應該要知足、感恩才是，但要善解和包容，好像有些難……」

從花蓮回來的明瑩，學習以感恩的心面對婆婆。積極投入慈濟，尤其對賑災義賣的活動更是盡心盡力，還將自家經營的眼鏡行的眼鏡拿出來義賣。一九九一年慈濟第一次舉辦大陸賑災義賣活動時，明瑩順利募得三十幾萬元，讓她逐漸找回失去已久的自信與喜悅。

為了能將婆婆和先生引進慈濟，她先幫他們母子各捐了一百萬元給慈濟，成為慈濟的榮譽董事（簡稱榮董），多年後，自己也以分期付款的方式圓滿榮董；婆婆很高興，很珍惜與上人合照的相片。

在家中，明瑩舉辦茶會邀請志工介紹慈濟，讓婆婆有更多接觸師兄、師姊的機會，大家嘴巴甜，總是奶奶長、奶奶短的，逗得老人家好開心。婆婆愛做粿，明瑩特地買了全套做粿的器具，邀請親戚一起來做粿義賣。婆婆做的粿好吃，一下子就賣光，師兄、師姊稱讚地說：「奶奶，實在有夠厲害，妳做的粿有夠好吃，馬上就被搶光，都不夠賣呢！」經由明瑩費心的安排，幾次做粿義賣，都讓婆婆開心極了。

感受到太太的改變，劉昭賢覺得媽媽的改變更大。他知道太太受的苦，孝順的他，認為媽媽可能擔心媳婦進門後，兒子被搶走，所以一直無法適應。因為接觸慈濟志工後，媽媽變得不容易生氣，也很支持家人都做慈濟。

夫妻倆投注許多心血經營眼鏡行的生意，他們剛開始創業時並不順利，鏡片加工技術不夠純熟，生意合夥人跑了，連摩托車也被偷。明瑩一天工作十六個小時，要負責包裝、接單、買菜煮給工人吃，還要帶小孩。

加入慈濟以後，他們希望所經營的眼鏡行，能有回饋社會的機會，所以每年的母親節與父親節前夕，都會免費為鄰近地區六十五歲以上的長者配眼鏡。

後來，生意漸上軌道，為了給孩子們更好的求學環境，夫妻倆毅然地將三家店收起來，舉家移民加拿大。

到溫哥華的第二天，明瑩便投入慈濟的工作。加拿大的慈濟志工不多，不管是拿筆、鍋鏟或是掃把，任何工作她都要承擔，可說一人要當好幾人用。其中，最大的挑戰是與當地「救世軍」（the Salvation Army）的慈善團體一起為流浪漢每月煮食一次；為了準備近千人的食物，從菜單的擬定必須兼顧營養與美味，還要考慮中西方飲食習慣的差異，以及人力的調派等等，對英文不是很流利的她而言，在在充滿考驗。

煮食前幾天，劉昭賢開著車載明瑩到中國城，四處比價、採購。煮食前一晚，她總是緊張得睡不著，而不再為事業忙碌的先生都全力配合，還曾因搬重物而閃到腰，她也沒有怨言。

慈濟每月一次的供餐，許多流浪漢一早便來排隊，平常他們面對的都是冰冷的食物，唯獨這一餐有熱食可用。穿藍衣的慈濟人，在他們口中稱為Blue angels（藍衣天使）——當志工微笑而恭敬地雙手奉上美味的食物時，讓他們有獲得尊重的感覺。

看到明瑩的投入，劉昭賢打從心底佩服太太，在加拿大救助愛滋病人、菸毒犯、街頭流浪漢，都是別人不敢做的，她都率先去做。

破繭而出見青天

加拿大的慈濟志工常會在一起聚餐，青春期的小孩正值叛逆期，大人們的聚會孩子們都不願意參加，唯獨在明瑩家的聚會，孩子們一定全都到齊，因為明瑩為人熱心，又會照顧人。

孩子一個個長大，加上婆婆住不慣寒冷的加拿大，明瑩又回到臺灣。從小在艱苦環境長大的明瑩並不怕吃苦，她對待婆婆非常用心，卻始終缺乏婆婆的疼愛，得不到婆婆的肯定，是她這一生最大的痛，可是她對婆婆只有感恩，因為她要做上人的好弟子。一路走來，她總是幫先生打點好一切，劉家這個大家族，連先生都應付不來，但她總是主動打電話問候親戚，讓整個家族彼此互相聯絡，相處融洽，家族凝聚力愈來愈強。

在慈濟舉辦的歲末祝福活動中，明瑩和先生陪著婆婆，上臺接受眾人的祝福，祝福婆婆脊椎的疼痛早日康復……現在的明瑩，有三個乖巧懂事的孩子，和全心守護自己的先生，婆婆的性情也溫和許多。雖然心情難免會有低潮時，但上人和慈濟世界就像生命中永恆的燈塔，在前方指引著她。

吃苦了苦，苦盡甘來；雨過天青後，明瑩終於破繭而出，擁有屬於自己的一片天空。

〈輯四〉

疾風勁草

蔡住 ◎屏東縣新園鄉人，一九四六年出生。十九歲那一年，由於甲狀腺腫大愈來愈嚴重，加上父母對神明的話深信不疑，於是忍痛把她嫁給了外省人。原本窮得欠債累累的娘家，在她出嫁後的第二年，因為種植蘆筍而大發利市，生活逐漸富裕。父母親原以為小女兒遇到了貴人，從此好命一生，誰知……

淡淡的三月天

胡瑞珠

這次真的要搬家了。紛擾多年的公家宿舍搬遷爭議，案子終於底定。二○○六年二月開始，蔡住和小女兒便忙著打包家當，另覓新家。記憶是收拾東西的最大敵人，一經挑起這無形的枷鎖，往往會用眈溺和眷戀彌補曾經空缺的遺憾，蔡住也不例外。

新家是租來的，空間沒有這裡大，有些東西非得送人不可。她一個人呆立著，環顧住了將近四十年的這間老房子。當初為了保有一輩子的居住權，先生黃萬里特別提早四年從課長職位退休，也和數百萬的退休金擦身而過。「唉！」她嘆了一口氣，「早知如此！」看著牆面上的日曆，又到了三月……

上天的餽贈

「淡淡的三月天，杜鵑花開在山坡上，杜鵑花開在小溪畔，多美麗啊……」人人耳熟能詳的歌謠，也是蔡住愛唱的歌曲之一。她唱歌要看心情，情緒一來，不自覺就會哼上幾句。

她的母親在臺灣光復後生下了第四個女兒，父親很是憂心，特別取名為「住」，希望能夠停住接連生女兒的命運；這招果然奏效，後來陸續生得三個兒子。

小時候，她就像個快樂的小精靈，無時無刻不是蹦蹦跳跳地唱歌。走在小路上，經常一邊唱歌一邊摘野花，天真的臉龐有著恬靜的笑意。唱歌對她來說，是件簡單又快樂的事。剛唱完「白牡丹」，想到早上老師剛教過的「茉莉花」，蔡住呑呑口水，又繼續唱了起來，「好一朵美麗的茉莉花……」稚嫩的嗓音迴蕩在屏東平原的一隅。

國小畢業前，教音樂的莊老師來到家裡，向母親提出建議：「歐巴桑，妳要把女兒送到市區去學音樂，可以賺很多錢。」「什麼是音樂？」鄉下人從沒聽說過，「就是唱歌啊！」母親一聽非同小可，連忙怒斥說：「那是三八的事情，不要再說了。」還氣得將莊老師給轟了出去。

由於個性能吃苦，耐得住農事的辛勞，沒能當成歌星的她，後來反倒成為父親的好幫手。清晨三、四點，月亮還高掛在天際，蔡住和三姊已經坐在牛車上，跟著父親準備到田裡工作。一個多鐘頭過後，目的地到了，這時候晨曦正悄悄從地平線升起。

命運的鎖鍊

因為家境貧苦，蔡住的歌星夢終究被父母保守的觀念給打斷了；但她唱歌的天賦，仍然在一次晚會上，嶄露頭角。當時她十八歲，意外得到歌唱比賽的冠軍。這從天而降的榮耀，讓花樣年華的少女一夕之間成了家喻戶曉的紅人。從那時候開始，來家裡提親說媒的人突然多了起來，對象有菸葉工廠的小老闆，也有書香門第的大學生。

所有的因緣巧合，全在她十九歲的那一年發酵。她早在十四歲時便罹患的甲狀腺腫大，在五年後日益嚴重；往內生長的腫瘤，壓迫到了氣管，造成吸呼困難。半夜裡，每每從幾乎斷了氣的恐懼中驚醒，最後，不得不選擇開刀一途。母親為了她要動腫瘤切除手術，抱持疑慮的態度，到處求神問卜。

一個下雨天的午後，正在廟口幫人卜卦的算命師，瞥見有個美麗的

利用假日，蔡住（左）與環保志工們相約爬山、健身（上圖）。軍人退役的黃萬里，娶得了十九歲的蔡住（左圖）。

蔡住在公家宿舍的巷道旁，設立簡易的環保點，空間雖小，卻有不少人來幫忙。

年輕臉孔出現，立刻改變坐姿；隔了一會兒，他開口問：「這是誰的女兒？」原本在旁邊圍觀的幾個人，也把目光移向這女孩——蔡住。一旁的母親語帶得意地回答：「是我的小女兒。」算命師說：「她以後會嫁往高雄。」大家看看算命師，又轉頭望望年輕女孩，一臉狐疑；蔡住母女同樣摸不著頭緒，他接著說：「而且對象會是個阿兵哥。」

「阿兵哥」三個字，就像是打雷一樣，震得母親心神不定，笑容一下子僵住了。來不及收拾臉上的尷尬，一轉身，拉起女兒的手，怒氣沖沖地丟下一句話：「回去啦！」一路上，她氣得直嘀咕：「為什麼我的女兒要嫁給阿兵哥？」

後來母親到王爺公廟求籤，神明的意思是：她的女兒不必開刀，會遇到貴人。隔了不久，蔡住和姊姊在姑丈家巧遇已結婚多年的表姊，她正要幫一個外省人物色對象，而蔡住正好符合條件——年輕、漂亮，於是安排雙方相親。

初次見面，男方滿意極了，蔡住卻從頭到尾都高興不起來。她心目中的理想對象屬於高瘦、帥氣的類型，眼前這個人，竟然是禿頭又肚子微凸的中年人，她打從心底討厭他。時間一分一秒過去，父母親提出的問題愈多，蔡住就愈不安，曾有的幻想也跟著一點一點地破滅。那一刻，她縱有滿腹的委屈與不滿，也不得不屈服在命運的安排下，當個聽話的乖女兒。

老好人　傻好人

夫妻兩人是從婚後才開始談戀愛的。黃萬里對妻子百般疼愛，有一次，看她拿了件厚重的大衣在手上，上前關心問說：「要洗的嗎？」蔡住點點頭；他馬上接過大衣，逕往後院走去，一路還呼嚕地說：「太重了，妳哪能洗得動！」濃重的外省口音加上胖胖的背影，讓她忍不住覺得好笑，心想，從小做慣了粗重農事，這點小事哪算什麼！

先生是個讀書人，行事作風完全承襲儒家的傳統思想──不忮不求。

六〇年代一個月幾百塊錢的薪資，實在沒法養家餬口，況且還有兩雙兒女嗷嗷待哺。蔡住勉力撐起家計，以家庭代工賺錢貼補家用，但依然是入不敷出，於是借貸度日便成了生活常態。

自軍旅退伍後，任職省營事業的黃萬里奉公守法，是同事眼中公認的老好人、傻好人。辦公事，誰都沒有他那麼認真、守分；待朋友，誰也沒有他那麼熱心、講義氣；不接受賄賂，不收受回扣的清高人格，令蔡住是又愛又氣。

「肚子都填不飽了，還談什麼廉潔？」知道客廳裡坐著的客人是來送禮的，她只能一個人在廚房後頭低聲抱怨。看先生的同事光明正大地吃香喝辣過好日子，她卻得偷偷摸摸到菜市場撿拾菜販丟棄的菜葉；孩子和她身上的衣服，全是好心同事送來的二手貨。剛結婚那幾年，她根本不敢回娘家，擔心家人從她和孩子身上的穿著看出端倪，要顧及先生的面子啊！堂堂一個課長的妻子，怎會落得如此下場？她多麼不甘心！

日子真的快過不下去了，她想和先生大吵一架，但黃萬里無可挑剔的好，使得她的重話一到嘴邊，硬是縮了回去。滿腹辛酸、怒氣無處宣洩，偶爾會拿孩子出氣；在四下無人之際，她不是蒙著棉被放聲大哭，便是咬緊牙根往自己身上揪，皮膚上一塊塊青紫色的瘀傷，是心靈受創的印記。

現實的貧窮與內心的矛盾交相折磨，她的精神瀕臨崩潰邊緣，人也逐漸失去自信。這時候，書成了心靈的避風港，只有躲進文字的世界裡，才能夠暫時忘卻紅塵俗事的紛擾；三餐填飽肚子都很勉強了，根本買不起書，只好四處借。從小，她就特別喜歡聞新書所散發出來的油墨味，彷彿能夠喚醒沉睡靈魂似地。

隨著孩子一天天長大，先生的待遇也逐年調高，家中經濟日漸改善。一九八五年，鄰家女孩拿了一本書來，她愈看愈起勁，花了半個鐘頭一口氣看完。從此，《證嚴法師靜思語》一書便成為珍寶，她一看再看；閱讀文字的速度一次比一次慢，花在思考的時間愈來愈長。

此時的蔡住，已經不再是當年那個苦命的小女人，而是被平凡幸福圍繞的中年婦女。

晴天霹靂

一九九二年底，一段稀鬆平常的夫妻對話，卻悄悄蘊釀著悲劇的發生。

「乖，我的腿邊長了小黑點，像痣一樣。」先生坐在客廳的沙發上說，蔡住正準備上樓，聽到這話，她停下腳步轉過身，蹲坐下來仔細看了看，然後輕聲地問了一句：「老太爺，要不要讓醫生看一下？」

「應該沒什麼事！」先生回答。

幾十年來，一家大小全都健健康康地，從沒上過大醫院，頂多到診所看個小感冒罷了。夫妻兩人也就沒把這件事記掛在心上。不到兩年，皮膚上的小黑點起了變化，逐漸凸起如拇指般大小；儘管不痛不癢，黃萬里仍然感到不對勁，於是騎了腳踏車，一個人上大醫院檢查。醫生一看不得了，非得要他留下來住院不可，並且安排隔天進行切除手術。

經過檢驗確定是癌細胞。「開刀之後就沒事了。」醫生的話讓蔡住放下擔憂，手術的過程也很順利。住院期間，應該慢慢復原的傷口，不但一點癒合的跡象都沒有，還不斷地向外擴展。他除了體力愈來愈差之外，並沒有特別的疼痛感。十八天後出院返家。

她萬萬沒想到先生的病情會變成不可收拾，驚慌中，趕忙換一家醫院做治療，還是沒有好轉。黃萬里放不下手邊的警衛工作，還是斷斷續續上著班；直到那一天，全身虛弱無力，幾乎喘不過氣來，他再也沒有踩上那臺破舊的腳踏車。兩天後的凌晨，他在家中嚥下最後一口氣，那時節也是春暖花開的三月天。

喪葬事宜是鄰居、同事幫忙籌辦的。先生去世的事實，蔡住無法面對，整天躺在床上恍恍惚惚，依稀聽到樓下咿咿呀呀的樂器吹奏聲，她腦海中不斷出現過去的畫面——

晨光中，先生提著公事包出門，「乖，我去賺錢了。」

夕陽下，響起開門聲，「乖，辛苦了。」……

為什麼好人活不久？當好人有什麼用？她好恨！累積了數十年的愛恨情仇，此刻再也抑制不住，激憤的情緒瞬間傾洩而出。連續幾個月的時間，她像個遊魂一樣，頭腦時而清醒，時而飄渺；飄渺的遊魂，如一縷淡淡輕煙，飄呀飄，不知何處是依歸？

找回自信人生

慈濟委員游碧對和蔡住是多年的老鄰居。一九九四年秋天，游碧對在自家門前做起了慈濟的資源回收工作。有一天晚上，她一個人低頭整理滿地凌亂的紙箱，蔡住正好拿垃圾出去，看到眼前景象，覺得有些奇怪，怎麼以前沒看過有人在做這種事？想了想，反正也沒別的事可做，便主動上前幫忙。從此，她和慈濟、和環保結下了不解之緣。

婚後有二十幾年的時間，蔡住省吃儉用一毛錢也不敢亂花，生活侷限在家庭和菜市場之間的小圈子，外頭的花花世界對她而言是全然陌生的。原以為自己的心在先生撒手人寰的那一刻已經死去，沒想到，後來卻在環保的天地裡重生。

她像個新生的小嬰兒，在慈濟世界裡學習待人接物，並且天天駐守在環保站。若有人問起：為什麼整理這些？做什麼用的？她從一開始的支支吾吾，到後來想出一套不變的應對法則——要捐給慈濟的，師父說要愛護地球。與他人的互動次數頻繁以後，她的自信心增強了。只要有人願意聽，哪怕是滿身髒污，她也可以滔滔不絕地說著話，而且不厭其煩，「環保很重要，可以把垃圾變黃金……」

每天在環保站裡，都可以聽見她開懷的笑聲。十多年來，蔡住愈來愈快樂，每天與一般人口中的「垃圾」為伍，卻把心中的「垃圾」一點一滴地丟開。她從不避諱身上穿著回收來的衣服，反倒告訴對方：「你看，很漂亮吧！又不必花錢買。」她笑得像孩子似地，一臉燦爛。

愛唱歌的她，也在慈濟找到舞臺——慈詠隊，一個用歌聲傳達慈濟之美的功能組織。從最基本的樂理、識譜、發音開始，進而學習情感的表達以及歌曲的詮釋。儘管不太習慣中規中矩的唱歌方式，太陶醉時還會不自覺地晃動身體，她依然盡力配合團體的要求，因為她實在太愛「慈濟」了。

站在新家的陽臺往前望，原本一大片的宿舍區被黃土覆蓋著。先生黃萬里不見了，老鄰居不見了，電線桿不見了，最後連房子也不見了。那她自己呢？突然間想到兒女，從沒讓她操心的四個好兒女。今天她可以無憂無慮地做慈濟的事情，最大的支持力量來自他們。

遠遠地傳來音樂聲，「淡淡的三月天，杜鵑花開在山坡上……」忽遠忽近。蔡住閉起眼，輕輕地唱和著……

林秀琴 ◎一九五三年生，臺南縣六甲鄉人。一九九五年受證成為慈濟委員，法號慮津。婚後先生外遇不斷，她想盡辦法挽回先生的心，都無法如願，遂由愛生恨，甚至想和先生同歸於盡。幸好進入慈濟，接觸到證嚴上人的法，從此改變心念，投入志工行列。香積、環保、訪視、助念……她都積極參與，為人群服務的同時，也成長自己的慧命。

透悟人生 轉情為愛

李淑惠

新店市中興路旁，通往南強工商和寶興里活動中心的交叉巷口走廊上，稀落地擺了幾處攤販。午後的人潮已過，又碰到下雨天，路邊攤的生意顯得有些冷清。

看著雨一直滴答滴答地落著，林秀琴算算時間，也該工作了，於是動手烘製起車輪餅，等待顧客上門。忙著忙著，偶爾側頭望著隔壁攤位的李

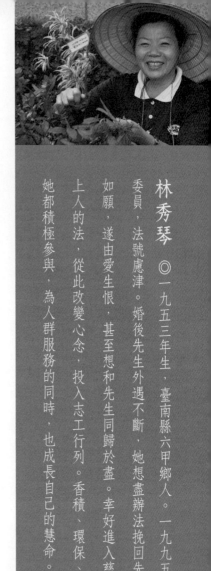

傳禱正悠閒地和朋友泡茶、聊天，幾道皺紋刻印在額頭上。

唉！真是歲月不饒人哪！曾經是夢寐以求的白馬王子，如今近在眼前，可是他那顆心是否歸屬於自己，已經不再那麼重要了。

愛逝情傷空遺恨

當年，她離家北上，在美容院工作。初見李傳禱時，立即被他流行的穿著及英俊的外表所吸引。雖然爸爸說他輕浮、不夠穩重，嫁給他不會幸福，也明知自己是個「鄉巴佬」，不是他所喜歡的那種都市時髦女子，只因傳禱的母親看上林秀琴淳樸、勤儉的個性，加上孝順父母且做事勤快，是個理想的媳婦人選，傳禱不得不順從母意。

他很懂得享樂，時常吃西餐、聽歌、看電影……出手相當大方。單純的秀琴暗忖，傳禱會捨得花那麼多錢帶她四處玩樂，應該是喜歡自己的。少女情懷總是詩，她幸福地品嚐愛情的滋味。

相戀四年後，傳禱的父母託媒人南下提親，卻被秀琴的爸爸拒絕了，她為此傷心不已。朋友看她那麼愛傳禱，建議兩人去公證結婚，但是在那民風純樸的年代，公證結婚等於和情人私奔，是一件見不得人的事，會使父母羞愧得抬不起頭來；孝順的她，不忍心讓父母難堪，沒有接受，而且她的爸爸曾說過：「不被父母祝福的婚姻是不會幸福的。」

儘管難過、憂心，她只能暗自垂淚，祈求老天成全。再過了兩年，爸爸看她愛得那麼堅定，終於勉強同意這樁婚事，這年秀琴二十四歲。

婚後的生活從絢爛歸於平淡。由於房子是租來的，廚房、浴室和別人共用，也沒有熱水器，很不方便，但秀琴仍滿懷夢想，一切以夫為尊。一大早起床替他準備洗臉的熱水、刷牙的溫水，連牙膏都為他擠好；每天變換不同口味的早餐，備妥外出服後再請先生起床，將鞋子併攏排齊，方便他腳一套上就可以出門上班，她用心經營婚姻，營造生活情趣，以為生活會幸福美滿。

2007年新店文山區歲末祝福，林秀琴為會眾送上福慧袋結緣。

林秀琴每天早晨收看大愛台「靜思晨語」節目後，便前往新店環保站做環保（上圖）。2007年10月，林秀琴參加社區手語課，認真學習手語（右圖）。

沒想到才一年多，甜美的果實就變味了，先生開始晚歸。第一胎剖腹生產時，她孤單一個人在耕莘醫院等待孩子的爸爸，竟不見他的人影，秀琴的心都碎了。為了挽回先生的愛，她放下工作，不是租計程車跟蹤，就是僱請偵探社調查，連問神卜卦、算命和看風水都用上了。為了改變命運，秀琴不管路途多遙遠，時間多晚，費用多高，她都馬上去嘗試；甚至去整容，她忍痛隆鼻、紋眼線，勤學游泳，練瑜珈、韻律操，到減肥中心減肥……只為身材窈窕，希望喚回先生的疼惜。

為了挽回婚姻，秀琴不知花掉多少冤枉錢，也用盡了無數的方法，傳禱依舊帶女人公然出入聚會場合，到後來，連傳禱的朋友和大嫂都看不下去，經常通知秀琴去抓人。有一年過年，秀琴得知傳禱帶女朋友回新店直潭的婆家過夜。「居然把女人帶到家裡來！」她實在無法忍下這口氣，馬上跑到街上，準備買硫酸要找傳禱算帳，結果，許多商家都不願意賣她，好不容易買了一瓶鹽酸，秀琴氣憤地搭計程車奔回老家。

回到家中，秀琴氣沖沖地敲開房門找人，心中打算毀掉先生的容顏，還好先生早一步接獲訊息從後門跑走了，才未釀成大禍。禁不起先生一而再、再而三的折磨，本性溫順的秀琴幾乎崩潰，灰心之餘，起了與他同歸於盡的報復念頭。

靜思法語啟心門

她的日子就在怨恨、爭吵和情緒失控中度過。摯愛的爸爸卻在她生命低潮那年往生。在爸爸住院期間，聽新竹元光寺悟照法師說，服孝期間吃素四十九天，功德可以回向，讓爸爸到善的地方投胎，於是秀琴開始吃素。有一天，路過李明宗經營的素食麵包店，看到牆壁上掛著一幅證嚴上人的法照，閒聊中談到慈濟，不覺從晚上七點多談到十一點，臨走前李明宗的太太劉美玉送了一本慈濟簡介——《證嚴法師的慈濟世界》和一份電臺節目表，鼓勵秀琴多看多聽，加入慈濟當志工。

茫然無助的秀琴，透過收聽慈濟的廣播節目，聽到證嚴上人開示的內容中談到夫妻相處之道，上人說：「不管先生好或不好，都要認命，要『甘願做，歡喜還』，不要羨慕別人的先生會賺錢又體貼，小孩成器又孝順。每個人的『過去生』福報不同，一百元只能買一百元的貨色，不可能買到五百元的物品；自己的福報只能碰到這樣的人，所以要認命，不然吵吵鬧鬧，結的怨會生生世世糾纏，恨也會愈來愈深……」

本來一直認為是傳禱對不起她，因而滿懷憤恨，聽了上人這番話，秀琴頓時明白，原來是自己的福分，只能遇見這樣的先生，沒什麼好怨嘆的。從此，她將心門慢慢打開，不再怨懟先生對感情的不專。

後來，秀琴又聽到上人說：「人不是聖人，沒有十全十美。杯子缺角的地方不要看，同樣可以裝水、喝茶，很好用；如果一直看缺角處，會愈看愈刺眼，最後就會把杯子丟棄不要。既然沒有十全十美的人，就要看對方的優點……」秀琴靜心思索，才恍然發現，傳禱的優點其實很多：慈悲、善良、孝順、做事細心，對兄姊弟妹度量大，對朋友講義氣，尤其爸爸因病就醫，借住家裡那兩年，他對爸爸的孝心好得沒話說；不但時常買爸爸愛吃的水果、新鮮的魚，爸爸因癌細胞擴散到腰部，需要睡高一點的床，傳禱還自動讓出床鋪讓爸爸睡，夫妻倆打地鋪睡了兩年……

感情放空的秀琴，不再執著先生的晚歸，開始和劉美玉、汪淑貞及李明宗等慈濟志工一起做環保。因為她會開車，有時也幫忙載送志工們去做訪視工作，關懷個案。她漸漸從付出中體悟到，自己其實很有福氣，這個世界上比自己可憐的人還很多。從此她專注於做環保、探訪個案，收聽電臺廣播和收看大愛電視臺播出的「靜思晨語」節目，成為她生活中必做的功課。參與愈多，她愈能體會「見苦知福」的道理，也漸漸走出陰霾。

她不再計較傳禱晚上幾點回來？有沒有回來？以前當他夜歸敲門時，秀琴除了不讓他進門之外，還曾謊稱有歹徒在門外騷擾，打電話請管區警察前來驅趕，或是大聲辱罵傳禱，任由他氣得撞門洩憤。

誠心懺悔求諒解

時常有人勸她參加慈濟委員的培訓，但秀琴遲遲不敢答應，她覺得慈濟委員的品德很重要，自己還達不到標準，因為她曾做錯了一件事……

之前，因為錢財問題和先生起了爭執，兩人在回家的路上大聲對罵。到家後，在大廳裡吵得更兇，話也愈罵愈難聽，驚動了在臥室休息的婆婆出來勸架；爭鬧中，秀琴不小心打到老人家，當下五道指痕清晰地劃在婆婆臉上，老人家委屈落淚，整個家族都非常憤怒，開會決議將秀琴逐出家門，不准她再回家；連星期六的例行家聚，秀琴打電話去找兒子，也被婆家人拒絕接聽，雖然秀琴氣不過，但也無可奈何。

有一次，恰巧兒子接聽電話，秀琴抓住機會宣洩情緒，透過電話慫恿兒子罵婆婆，天真的兒子果然說：「阿嬤，妳是老巫婆，我媽媽說的。」自此和婆家的關係更加惡化，連在市場上和小姑相遇，彼此都斜眼怒視，形同仇人。

事親極孝的秀琴，傷到婆婆的身、心，早就心生愧疚。想到婆婆對自己的好，加上爸爸臨終前一再交代，這件事確實是自己不對，一定要向婆婆道歉，她為此時常難過嘆息。雖然一直把「要向婆婆認錯」這件事放在心上，但礙於顏面，始終沒有付諸行動。

慈濟的活動參與得愈多，受到上人法語的洗滌也愈深。她的內心一直在掙扎，「行善、行孝要及時」、「人生最大的懲罰是後悔」、「面子用秤的秤不出重量」、「一般人往往因為顧到面子，放不下身段，造成一輩子後悔」……上人的話不時縈繞心頭。另一方面，禁不住劉美玉的一再勸進，秀琴決心面對自己的錯誤，終於鼓起勇氣，當眾向婆婆懺悔。

婆婆七十大壽時，一家人聚在新店北新路的的餐廳慶祝。為了不影響歡樂的氣氛，秀琴等到晚上八點半左右，大家用過餐，正在喝茶閒聊的時候，才靜靜地走到婆婆面前，端起先生的茶杯向婆婆雙膝跪下，「媽媽，以前是我不對，請您原諒。」

輕輕一句話，令現場鴉雀無聲，所有人的目光都集中在秀琴身上。慈祥的婆婆趕緊叫小姑牽起她到一旁坐下，知道她還沒用餐，馬上吩咐餐廳將壽桃包好讓她帶回家。從此以後，遇有例假日，婆婆都會打電話通知秀琴和孩子們回去聚餐，有時也會到秀琴家過節，一家人又回復以前的和睦。

「老闆！我要紅豆、奶油和蘿蔔絲各三個。」

學生的叫買聲讓秀琴回過神來，趕緊包好車輪餅送到學生手上，「好了！小心拿著！很燙喔！」她提醒著。

雨不知何時停了，空氣變得格外清新。秀琴靜靜地看著談笑中的傳禱，不禁心生感恩；因為夫妻感情不順，才讓她有機會走入慈濟，改變自己。要不然，現在或許她已經往生或是犯法被關在監牢，哪有可能和他在此共同營生呢？

走過坎坷感情路的秀琴，努力植福以彌補「過去生」的不足，並累積「來世生」的資糧。她每天早起看大愛電視臺的《靜思晨語》節目後，載送回收的資源到新店環保站，並留下來做環保；八點再回家準備食材，幫忙先生賣羹麵的生意；下午生意清閒時，她就兼賣車輪餅。把握做生意和鄰里結好緣的機會，也可以宣揚上人慈悲濟世的理念，收攤後回家煮晚餐，或是去收功德款。週休二日時，她就到臺北慈濟醫院當導覽志工，或是探視個案、到安養中心訪視、參加助念、告別式和做香積等。

秀琴衷心地感恩慈濟，幾年來，接引了很多人加入慈濟會員，也帶領出一位又一位的志工和慈濟委員。傳禱雖然逐漸認同慈濟，也會幫忙勸募，並和朋友分享慈濟事蹟，但卻擔心守不住十戒，破壞慈濟清譽，而遲遲不敢加入慈誠培訓，這是秀琴最大的遺憾。

「唉！」秀琴嘆了口氣，抬起頭遙望天邊，霞光滿天，似乎告訴她希望無窮。秀琴知道自己還要更精進，要用更柔軟的心來感化先生。她深信，有願就有力，只要有心，夫妻同行菩薩道的時日絕對不會很遠。

陳錦慧◎一九六五年生於臺中縣沙鹿鎮，排行老二，上有一兄，下有一弟一妹。國小畢業後，當過紡織廠的童工、美容院的學徒。二十歲結婚，育有一女兩子。一九九六年，先生收起豬肉攤生意，改至鳳農果菜市場賣冬瓜，後來染上喝酒、賭博的惡習，三年後病逝。二〇〇七年她受證成為慈濟委員，法號心慧。

倒吃甘蔗

陳金花

不管是寒冬或酷暑，每日清晨三、四點，天未亮，鳳農果菜市場已是人聲鼎沸，南高雄各地的菜販、自助餐店老闆和餐廳採購人員，都會開車到這裡採買當天新鮮的青菜、水果、肉品、鮮花等等。

一九九六年間，陳錦慧和先生鍾豐吉覺得殺生不好，於是將原本在高雄小港市場的豬肉攤生意結束，來到剛開幕不久的鳳農果菜市場賣冬瓜。

為了和同行搶生意，他們把價錢壓得很低，希望薄利多銷，不料卻因此得罪了同行。

這一天清晨，錦慧夫妻開車來到市場，遠遠地就看到三、五個人站在攤子旁邊議論紛紛；走近一看，攤子上的所有冬瓜，前一晚不知被誰拿刀子砍得爛兮兮的，豐吉氣得破口大罵，揚言一定要揪出兇手。

自從那天起，每天一到市場後，他便丟下錦慧一人看顧攤子、做生意，自己四處問人，追查肇事者；為了追查元兇，他在市場與人套交情，常常請人抽菸、喝酒，甚至和人賭博。結果不但查不出肇事者，自己反而沉迷於喝酒、賭博。錦慧只要看見先生喝得醉醺醺，無心做生意的樣子，就常氣得和他吵架。

「錦慧，妳先生又在那裡和人喝酒了。」旁邊賣高麗菜的李永昌手指著方向告訴錦慧。

「管他的，喝死算了。」錦慧嘴硬地說。

「你不去把他叫回來？」李永昌的口氣帶著幾分勸說。

錦慧無奈地聳聳肩說：「叫回來有什麼用，不到幾分鐘，他又會去喝啊！」

「這樣喝，會把身體弄壞的。」李永昌的太太歐小文也在旁邊關心。

豐吉喝得醉醺醺地回到家，錦慧根本不想理睬他，自顧自地拖地。他見太太不理不睬的模樣，心裡很不高興，搶下她手中的拖把，硬要她聽他說話，陪他聊天，可是錦慧不依，夫妻倆於是大吵了起來。

「妳好跩，賺幾個錢就這麼跩啊！」豐吉看見太太不肯陪他，諷刺地說。

錦慧不甘示弱，把拖把搶回來，一臉不悅地說：「每天就只知道喝酒、賭博。」

「我為了交際應酬，也是不得已的呀！」豐吉為自己辯解道。

「為了生意，交際應酬是不得已的，騙誰呀？」錦慧話一說完又繼續拖著地。

豐吉自知理虧，「喝個酒又不會怎樣。」他的語調平緩許多。

此時，錦慧停止拖地，抬起頭來，看著先生消瘦的模樣，走近他身旁說：「喝多了，可是會把身體弄壞的。還是少喝點吧！」

「放心啦！你沒看我長得這麼壯嗎？」豐吉把雙手舉高，做出超人的動作來。

婆媳關係惡劣

剛開始豐吉只是與人喝酒，偶爾小賭一下而已，但受到朋友的慫恿，慢慢地愈賭愈大，一夜輸掉十幾萬元是常有的事。二〇〇三年的某個夜晚，他輸掉一大筆錢後，心有不甘，想要翻本，於是又瞞著家人連續賭了幾天幾夜，沒想到這一賭，輸掉的錢像滾雪球般，越滾越大，短短幾天，賭債竟然高達兩百八十幾萬元。

為了躲避黑道兄弟討債，豐吉躲到山上的朋友家，讓錦慧獨自面對。

因為有兒女們的護持，成就了陳錦慧走入慈濟（上圖）。小港國中七月吉祥月的祈福會場，陳錦慧(左)在墾丁的大草原上，留下恩愛夫妻的身影（左圖）。

和謝雪貞師姊正在布置盆花。

黑道兄弟要不到錢又見不到豐吉，憤而離去，沒想到過了不久，他們驅車疾駛而來，氣憤地載來一桶屎尿逕往屋裡潑灑，頓時整個屋內臭氣難聞。這突如其來的舉動，驚嚇了家人，孩子們害怕地瑟縮在角落裡，不住地顫慄；錦慧流著眼淚，強忍著臭味，邊哭邊清洗地上的穢物。

錦慧一家人不勝其擾，這筆賭債最後由婆婆拿出積蓄來償還，但也因此加深婆婆對她的不諒解。

自此以後，只要婆婆看見豐吉每天生意不做，又喝酒又賭博，總怪罪他們是因為選在農曆七月市場攤位開張的關係，所以到處求神問卜，甚至將神像請回家中供奉祭祀；對錦慧這個媳婦，她也不假辭色。

「錦慧！豐吉人咧？」婆婆大聲地喊著錦慧。

錦慧從樓上走下來，沒好氣地回答：「不知死去兜位（哪位）？」

「妳連一個尪仔都顧不好，真正有夠憨慢（臺語愚笨之意）。」

「腳生在伊身上，伊袂走去兜位，我哪ㄟ知？」錦慧說完又補了一句，「伊也是妳的囝啊！」

由於婆婆的怪罪和不諒解，錦慧在家常擺出一副臭臉，說話的口氣更是不佳，婆媳因此時常相互責難。雖然兩人常鬧得不愉快，幸好婆婆仍會幫她照顧年幼的三個孩子，讓她做生意時無後顧之憂。

甜蜜往事成追憶

某個深夜，錦慧洗完澡，孩子做完功課去睡覺後，她獨自一人翻著相簿，看到自己剛結婚時的幸福模樣。那時，她剛從臺中沙鹿鄉下嫁到高雄的小港區來，當時周圍環境還有許多稻田和甘蔗田。

年輕的豐吉在傳統市場賣豬肉，她則經營雜貨店，每天菸酒的出貨量很大，生意相當好。生活雖忙碌辛苦，可是一有空，先生會帶著她和三個孩子到附近走走，看看綠油油的稻田、青翠的樹木，一天的辛勞就會像雲霧散開一樣，消失無蹤。

尤其在每年十一月到來年的三月左右，小港糖廠總會飄散出陣陣甜蜜的糖味，錦慧常會感覺日子也像糖一般，甜蜜蜜地……她翻看著一張張以前的照片，不知不覺嘴角漾起了笑意。

正當沉浸在昔日的甜蜜時，突然看見豐吉又喝得爛醉踏入家門，她劈頭就罵：「你又和誰喝酒了？」

「我和誰喝酒關妳什麼事？」他見妻子沒好聲色，也很不高興。

錦慧突然衝口而出說：「我要離婚。」

「要離婚？」他一臉錯愕，沒想到太太會提出離婚的要求，瞬間酒意醒了一半。

「孩子我來扶養，鳳農市場的攤子我要，房子、車子我都不要，都給你。」她提出離婚條件。

「好，隨便妳。」豐吉賭氣地答應了。

隔天，豐吉將他們夫妻倆要離婚的事告訴婆婆；婆婆不答應，她認為市場的攤子是她出錢買的，不願平白給錦慧。可是，錦慧覺得自己沒有謀生能力，若沒有這個攤子，將無法獨力扶養孩子，最終離婚的事也就不了了之，日子依舊過得很暗淡。

眼看豐吉天天喝酒賭博，屢勸不聽，婚又離不成，她乾脆就不管他。但是每天在市場裡，總有一些關心的好朋友會來告訴她：「妳先生又在那裡喝酒了。」「聽說豐吉昨晚和人賭博，輸了不少。」……每次聽到這些話，總讓她的心情往下沉，說話的語氣也就不怎麼好。

有些男客人知道豐吉經常不在，偶爾會在言語上占她便宜或戲弄她，這時錦慧會不自覺地像刺蝟一樣，張開身上的刺來防衛自己。做生意時，宛若一個女強人，可是每當夜深人靜，獨自一人時，她卻常常默默地哭泣，覺得自己很孤獨、很無助。

沒有太太在旁邊嘮叨，豐吉喝得更兇、賭得更大，常常一連幾天不回家。二〇〇四年夏季的某個中午，錦慧做完生意，回到家時，看見豐吉沒出門，也沒喝酒，躺在床上好像很不舒服的樣子，於是陪他到醫院檢查。

病魔來襲

經過醫生仔細檢查，確定豐吉罹患猛爆型肝炎。住院期間，他因腹部積水，常吃不下也睡不好，脾氣非常暴躁，動不動就對家人發怒，連醫生、護士也常是他生氣的對象。醫生告訴錦慧：「罹患肝病的人會常發脾氣，妳要多包容他。」

為了不讓市場的人知道豐吉的病，錦慧照樣每天到市場做生意，中午結束工作後才趕到醫院照顧他。隔天凌晨三、四點再去做生意，雖然辛苦，但能看到先生在身旁，她心中竟感到踏實許多。

在豐吉病重時，大兒子耀宗正面臨高中入學測驗，錦慧在昏迷的先生耳畔說著：「這兩天兒子要參加入學測驗，拜託你等等他。」錦慧陪大兒子考完入學測驗後，才剛踏進病房沒多久，豐吉就撒手人寰了。

錦慧心疼豐吉從發病、住院到往生，僅僅二十幾天，這樣的結果，讓她措手不及。

處理完先生的後事，錦慧又回到生意場上，絕口不提先生病逝的事實；同行或客人略有所聞，並向她求證時，她一概加以否認，在她強勢的背後，其實是害怕別人會欺負她這個沒有先生的寡婦。

時常關心她的慈濟志工歐小文，有一天，趁著沒客人時，悄聲地詢問錦慧：「聽說，豐吉人走了？」一時之間，錦慧整個人不知所措，眼淚像潰堤一樣，撲簌簌地掉下來，過了一會兒，心裡稍微平靜些後，才告訴歐小文實情。

歐小文和李永昌夫婦從此特別關心錦慧，常常找她聊天，讓她心中的苦楚有地方宣洩，也邀請她加入慈濟會員，並帶她到鳳山環保站做環保。因為有好朋友的陪伴與關懷，做環保又對社會能有所貢獻，讓錦慧覺得人生有意義多了。

有意義的人生

二〇〇四年底，南亞發生大海嘯，死傷慘重，慈濟發動賑災募款活動，歐小文夫婦邀請錦慧一起上街頭去募款，他們看錦慧樂於付出，鼓勵她參加委員培訓課程。

在參加培訓期間，常常週六、日要上各種課程，而且因場地關係，必須到臺南靜思堂上課。她一大早先去市場把冬瓜、番茄等蔬果準備好，等到七點多大女兒明芬和大兒子耀宗來接手，她便馬上開車到臺南上課。

由於有證嚴上人法語的滋潤和資深委員的陪伴，她卸下偽裝的刺蝟外衣，不再是個生意場上的女強人，由脾氣火爆的惡媳婦，化身為溫和柔順的小女人，更是明理的好媽媽、孝順的好媳婦。

一切因緣成熟，錦慧終於在二〇〇七年受證成為慈濟委員。受證後的她，跟著資深委員林金貴參加人文真善美的空間布置組，學習「靜思花道」和舞臺布置，也到海巡署舉辦愛灑活動。每當她感到徬徨無助時，便收看大愛電視臺，看到證嚴上人的身軀柔弱卻流露堅定的眼神，彷彿一股力量注入她的體內，整個人既平靜又安詳。上人的「靜思語」：「信心、毅力、勇氣三者具備，則天下沒有做不成的事。」每每在她身心困頓時，提醒她要有駱駝的耐力和獅子的勇猛心。

這一天，錦慧和林金貴到旗津的海巡署辦完愛灑活動回來，天色已晚。她倒了一杯茶，站在窗邊，望著滿天星斗，回想著前塵往事。婚姻路上，一路走來顛簸，從生兒育女、經營事業，到先生的頹靡……到如今生活踏實，此刻，錦慧彷彿又聞到了一陣甜蜜的糖味，宛若倒吃甘蔗，愈來愈甘甜，愈來愈有滋味。

張金葉 ◎ 生於一九三一年，彰化縣竹塘鄉田頭村人。十六歲結婚，育有三對兒女，夫妻倆同行慈濟菩薩道，一九八六年同時受證成為慈濟委員，張金葉法號慈度，先生陳瑞昌法號濟達。張金葉視「做慈濟」為今生最大樂事，她說：「要做到最後一口氣。」

枯枝長金葉

劉對

炙熱的午後，把人逼得就快窒息了。張金葉穿著一身涼快的短衣褲，打開客廳的冷氣機，企圖將這令人不適的熱氣趕出屋外。她捧著整盤剛切好的水梨，熱情地招呼臨時造訪的慈濟志工。張金葉的人生，就像水梨一樣，清甜中帶有微酸的滋味。

少女時期的張金葉，堪稱是村上的小美女，勤儉又能幹，是多數人屬意的媳婦人選。十六歲時，嫁給大她兩歲的陳瑞昌。陳瑞昌本姓詹，三歲時過繼給招贅的祖母當養子，他個性敦厚，受過「高等科」（相當於現在的中學）教育。陳家是村子裡的大戶人家，擁有不少田產，張金葉以為這一生可以安然無慮地過日子。

美夢成空

陳瑞昌原想和三位兄弟一樣當個上流社會的公教人員，卻經不起母親一再地勸說，並保證只要他願意從事農務，日後可得陳、詹兩家的田產。夫妻倆懷著夢想，努力耕作，生產所得全部交由詹姓父母處理。隨著孩子陸續出生，陳家也多了幾落房子、幾畦田地，張金葉的小叔、小姑也各自成家。

有一天，婆婆告訴張金葉，當初陳瑞昌年紀小不能繼承祖母的田產，於是用買賣的方式過繼在陳瑞昌父親的名下（父親隨祖父姓詹不姓陳），如今詹家的田產又擴增不少，稅金也提高很多，為了減省稅金，所以要將田產分家。陳瑞昌沒有分到陳家田產，只有詹家一片貧瘠的沙坡地及一筆為數不少的負債。這時他們才恍然大悟，這些年來家中置產、辦婚事的錢都是父母親向外借來的。

美夢瞬間成空，而且搗夢的竟是自己的親生母親，陳瑞昌有嚴重受騙的感覺，本有機會闖出好前途，如今落得家業、事業兩頭空，他心有怨氣，便向母親爭取祖母的遺產，母親卻告訴他：「想要遺產，除非祖母活過來。」想不到一向對他們夫妻稱讚有加的母親，卻為了分財產而成天謾罵，陳瑞昌激憤難消，獨自前往嘉義的城隍廟，請求神明做主，表明自願下地府找祖先評理，他不顧廟公的警告：「要有心理準備，可能一去不能回。」

張金葉隨後前去苦求他回家，雖然她心裡也覺得委屈，想到嫁入陳家十四載，無一日不刻苦耐勞，侍奉公婆、料理家務、田事一肩挑，尤其是照顧生病的祖母，把屎把尿的，如今卻換得婆婆偏心相待，怎不令她痛心？唯有一事教她稍感寬慰，那就是祖母臨終時的一番祝福：「妳這麼孝順，一定會老好命，大穀倉滿，小穀倉溢，舊稻未吃完，新稻割來添。」當時的人都認為老人家的祝福是很靈驗的。

耕作勤奮收成少

分家的事實既定，張金葉夫妻雖然憤憤不平，也只能委屈接受，但是貧瘠的沙坡地就是長不出稻子來，別人一年豐收兩季，他們卻一次也長不成。就在分家後隔一年的年尾，好不容易盼到有一畦田終於長成金黃稻穗，夫妻倆歡喜地等待收割，誰知卻遭螟蟲啃食，一夕間飽滿的稻穗全部成了空殼子。

張金葉走在田中央，絕望地將挑在肩上的扁擔用力甩在田裡，全身往前仆倒，抬起雙手向蒼天哭喊，要求上天給個公平。鄰人看了也搖頭嘆

在花蓮慈院輕安居，張金葉耐心陪伴失智老人做益智活動。

到花蓮慈濟醫院當醫院志工，張金葉（中）與輕安居的病患唱歌同樂（上圖）。最鍾愛的長子往生讓張金葉痛不欲生，聽證嚴上人開示後，才有了重新出發的勇氣（右圖）。

息：「要堅強，牛丟了就找牛坡討（臺語，天下無難事，只怕有心人之意）。」他們常常送些自種的蔬菜、瓜果給張金葉，也建議她利用抽水機改良耕地，於是她起了互助會籌錢，購置農田水利設施，努力填土、施肥，從日出忙到黑夜，每天辛勞耕作。

自從有了抽水機，方才稍稍改善農作物的收成。但是收成少，日子總是不好過，每天只能吃番薯籤稀飯，她不只一次聽到孩子這麼說：「真羨慕阿叔、阿伯他們，若是他們肯將要丟餿水桶的饅頭給我們吃，不知有多好！」她心想，日子不能這樣過下去，夫妻倆商量後，決定忍痛分離，由陳瑞昌隻身出外賺錢養家、還債。

經由高中同窗的引薦，他在高雄的一家電子公司任職總務工作。做事認真負責又節儉的他，為了節省返家的交通費用，很久才回家一趟，即使是逢年過節也不例外；事實上，除了代替同事值班的酬勞比較高這項因素外，還另有玄機。

為了抒發思鄉之情，陳瑞昌常邀三五好友聚餐，其中有一名女子對他情有獨鍾，常常主動獻殷勤，甚至投懷送抱，老實的他終究抗拒不了誘惑，陷溺溫柔鄉中。妻子輾轉得知後，故意不動聲色，經常盛裝到高雄探訪，對待他更加溫柔體貼，讓先生心生愧意，讓女方知難而退，才結束一段畸緣插曲。

鬱鬱寡歡終成疾

那段離家工作期間，陳瑞昌經常寄錢回家，加上聰慧的張金葉善於耕作，農穫量常高出別人一倍，家裡經濟改善許多，但是一個婦道人家要獨力照顧六個孩子，繁情瑣事沒得商量依靠，抑鬱心情終究悶出病來。孩子看到別人的爸爸回家了，常會問：「我們的爸爸怎麼還不回來？」無奈的媽媽聽了也很心酸。

「每到黃昏，日頭要落山時，目屎就流不停……」張金葉時常紅著眼眶，一個人站在濁水溪畔，面對一望無際的田野，幽幽地唱出心中的苦悶與孤寂。

哀怨的歌聲飄散在鄉間田野，令人聞之鼻酸，常有人勸她：「想卡開咧！」但她就是無法紓解心頭抑鬱，在三十九歲那年險些喪命；那時，她連續幾天不吃不喝，氣如游絲，對著圍在床前、早已哭成一團的子女交代後事：「我死後要埋在田頭，每天就可以看到你們出入門，記得要把土挖深，免得被野狗叼走。」

村人替她抱屈，紛紛建議張金葉向老天爺買壽命；於是，一場祈福消災大法會就在她家的庭院盛大舉行。鄰近幾個村落，共來了一百多戶人家，人人挑滿一擔牲禮、祭品，圍繞在庭院的四周擺放著，庭院中央設祭壇，是用方桌疊成梯型狀，張金葉坐在壇前，恭請三仙國王（神名）到地府為她買壽，法會從午後一點進行到晚間九點。看到眾人虔誠地膜拜，她的婆婆也受到感動，從此不再無故謾罵她，深受病苦的張金葉則暗自發願：「只要我身體健康、手腳靈活，我一定要幫助艱苦人。」

法會過後，張金葉的病體漸有起色，但陳瑞昌仍不放心，帶她到處求醫，卻查不出病因，直到高雄醫學院的醫生告訴他：「妳太太是憂鬱症，只要帶她到澄清湖散散心就好了。」他們聽從醫生建議，離開舊居環境，夫妻倆帶著么女在高雄租屋而居。

此時，他們較年長的三個兒女已北上工作，兩個留在故鄉讀書，張金葉必須常常回家探望，並且兼做農務。身體依然辛勞，心情卻舒坦多了，因為經濟改善，加上身邊有先生相伴，最主要是婆婆對她的態度變好了。就在他們離家後不久，婆婆因病住院，張金葉盡心陪伴照顧，她也奉勸先生：「無論如何都要孝順，往事，高的放風吹，低的放水流。」婆婆臨終時，牽著張金葉的手求原諒：「我不會做人，以前對妳很不好，請妳不要記恨。」此刻，婆媳前嫌盡釋。

待長女出嫁後，張金葉舉家遷回彰化，和女婿合夥做高周波印花事業。四年後，又遷往臺北，家境逐漸富裕。一九八六年，她從報紙上得知，雲林縣口湖鄉因為颱風造成海水倒灌，居民死傷嚴重，於是帶著六萬多元的現金到災區去，看見滿目瘡痍的地上擺放著十八具棺材，她難過得說不出話來……此後，張金葉夫妻便常到孤兒院、療養院送米或麵食，家裡的牆上掛滿了熱心公益的獎牌。

行有餘力　熱心公益

有一次，大女兒陳秋梅提起說：「你們這麼喜歡做善事，花蓮有一位師父很偉大，你們可以去跟隨他！」幾經打聽，得知臺北的吉林路有慈濟分會。她去的那一天適逢農曆二十四日，也是慈濟發放救濟物資的日子，在慧日講堂的發放現場，看到很多生活困苦的人，讓她想起當年自己病危的那段往事，激動地在心中喊著：「這就是我要的，我終於找到了！」

自從參加那次發放後，她便很少再管公司的事，還告訴女兒，她要全心全意幫助慈濟去勸募善款。當女兒把《證嚴法師的慈濟世界》一書中的內容，一字一句唸給媽媽聽時，她每聽一次就哭一次。

張金葉將感動化為行動，積極勸募，有時冒著風雨也要出門介紹慈濟。她常對慈濟會員說：「一文布施，萬文收，千聲富，不要一聲窮；說窮，窮鬼就會緊跟著你。」她特有的俗語勸世言，喚醒了很多人沉睡的愛心。

慈濟會員與日俱增，使得張金葉雀躍不已，還曾在一個月的時間裡，募到七張病床（一張病床一萬五千元）。高興的背後，麻煩的事也跟著來了，如何記住每一個會員的名字，讓不識字的她傷透腦筋。有一次，她到專門幫人改運的會員家收善款，看到香爐裡插滿了香，她突然有了靈感，回到家後馬上拿起筆，一筆一畫地勾出香爐插著香的圖案來。從此，她就以塗鴉代替文字來記錄會員的資料。

「不識字，真歹勢呢！」當她要求會員在勸募本上寫下個人資料時，都會憨笑著不斷致歉，十足的歉意代表十足的誠意。

她的用心獲得證嚴上人的讚許，鼓勵她走出來現身說法，可以影響更多人。在慈濟三十週年慶時，張金葉連續一個月在臺北分會分享她做慈濟的故事，不但得到熱烈的迴響，更讓她忙得抽不出片刻休息的時間。先生陳瑞昌直到現在還時常在慈濟志工面前調侃妻子：「當時很多人想要和她合照，像大明星一樣喔！她高興得忘了疲累，回到家後倒頭就睡。」

承受不住的痛

其實，她並非走來一路順遂，就在六十六歲時，她最鍾愛的長子不幸英年早逝；兒子從小乖巧懂事，在早年最困苦的那段日子，他每天幫媽媽料理家務、照顧弟妹，就連煮好的稀粥，也要先給媽媽吃到有飯粒的，自己常常忍著餓肚子，只喝湯水。

他初中一畢業，就到臺北找工作，在餐廳當服務生，二十六歲升任大飯店的經理，生病後辭掉工作，利用進出醫院的空檔研究植絨轉印技術，事業做得頗有聲色，買了幾棟房子。和媽媽隔鄰而居，每天必定親自晨昏定省。

兒子非常贊同媽媽做慈濟，常對她說：「走慈濟路是對的，不要再走偏了。」他對當年做法會買壽命的做法很不以為然；也幫媽媽招募慈濟會員，介紹慈濟。這樣善良又貼心的孩子，本以為將是媽媽一生的依靠，沒想到最終仍然敵不過糾纏了十八年的病魔——紅斑性狼瘡。

得年四十七歲的他躺在榮民總醫院的太平間，北區慈濟人陸續趕來助念，唯獨不見張金葉。兒子往生，她哭不出來，整個心空掉了，全身癱軟，請求家人扶她去醫院，孩子們怕她支撐不住，沒有答應，她以死要脅，到了醫院，也沒能見上最後一面，她被層層人牆阻隔著。

「割心腸啊！」張金葉哭喊著，兒子走了，她的心也跟著走了，整個人形同枯槁。白髮人送黑髮人的錐心之痛，讓她沉浸在痛苦的深淵裡。有一年多的時間，她走不出來，常常睹物思人，不能忍受和兒子有關的一切事物，終日以淚洗面，縱使周遭有親朋好友、慈濟志工的膚慰陪伴，也不能稍減她的哀慟。直到有一次，一位資深的慈濟志工堅持要帶她到花蓮的靜思精舍見證嚴上人。

「妳苦，孩子也苦，妳應該要提起精神，多去看還看得到的，繼續服務別人才是正確的路。」上人的一席話如當頭棒喝，敲醒她的心。於是她有了重新出發的勇氣，她做慈濟的腳步更快了，助念、告別式、醫院志工……都可以看到她的身影。張金葉心裡想：「以前是我做得不夠，所以孩子才會走得那麼快，現在我要做得更多。」

今生無憾

堅定的心讓她通過好幾次的考驗。連續幾次要到醫院當志工的前一晚，她就無緣無故地發燒、拉肚子，先生勸她不要去了，免得變成別人的負擔，她根本不聽，並且回應說：「就算會死，也要死在醫院裡。」奇怪的是，隔天就沒事了。

「這世該做的都做了，連往生後的大體捐贈同意書都簽好了，沒什麼顧慮了。」

滿頭灰髮的張金葉，推了推鼻梁上的老花眼鏡，和慈濟志工閒話家常；屋外飄起雨來，打開房門，一陣涼風沁入心田，不遠處的行道樹，枝幹交錯，有了雨水的滋潤，相信不久後，新的葉子就會長出來。

編者絮語

妙筆生華　移步生蓮

黃基淦

窗外仍是闃寂的黑，臨靠山邊的空氣彷彿凝滯般，昏昏然催人入寐；不意突來的一陣急雨，透著微涼氣息，瞬即冰鎮睡意；捻亮檯燈，攤開書稿，再次細讀，不知不覺，時間隨著書寫的人生片段悠悠流轉……十六篇故事雖已讀過多遍，字斟句酌間猶然勃發生命原初的新意，一如這花蓮仲夏的破曉時分，分外清明而隱蘊生機。

十六篇故事結集成《出泥清蓮》，是人間渡系列的第三本書，前兩本《人間渡》與《雲開見月》由時報文化出版，在書市締寫了三萬多本的成績，如此的銷售量，直可躋升排行榜之列，作者已然是暢銷書作家。

然而，是否名列排行榜不是志工所關注的，對他們來說，平常出班寫稿，做的就是記錄的工作，他們謹記證嚴上人的教誨與肩負的使命——分秒不空過，為慈濟留歷史，為時代做見證。至於「寫作出書」，是她們從來不曾想過的事，但不過幾年前而已，何日生主任曾給了志工這樣的承諾；事實證明，志工辦到了，他們真的出書了，而且不只曇花一現，更讓他們歡喜的是，在投入撰寫慈濟人故事的同時，其中不少人驚異地發現自己竟有寫作的本事，文筆進步了，視野開闊了，自信提升了，從此更勇於嘗試其他文類的寫作，在在證明了上人所說「用心就是專業」的道理。

用心過活的生命，用心寫成《出泥清蓮》，展現在讀者眼前。本書依各篇故事內容概分為絕地逢春、法水滌心、浴火鳳凰及疾風勁草等四個篇章。每位故事當事人走過的人生際遇都不同，更增添了故事的多樣性，而每篇故事的完成都是經過一再分享討論增修的結果，在不背離事實的原則下，每位作者盡可能地揣摩故事當事人的內心世界，藉由筆端還原現場，將真實生命具體呈現，希望有無相同遭遇或類似生命經驗的人，都能激起心靈深處的共鳴，讓好故事家喻戶曉，傳揚千里。

十六篇故事，十六個女人充滿劇烈變動、戲劇轉折的生命，透過志工善解、敏感的心，以樸實的筆觸，勾勒出故事人物的生命樣貌，讀來令人生起無限疼惜。因為這當中，有許多身影是我們所熟悉的，她們所代表的，可能是我們的祖母、母親或自己成長的年代；對年輕一輩讀者來說，她們走過的人生，更富教育意義。

細讀這些故事，不自覺陷溺於人生何苦的情境中。誠如上人說：「人生苦難偏多。」書裡的任何一個故事，幾乎都可以從中印證這句話，雖說天無絕人之路，與其自怨自艾過日子，不如尋求可能的出路，但人生的悲哀，即在於命運如此，往往只能聽天由命嗎？為此，上人也說：「人要運命，不要被命所運。」

事實上，當逆境來臨時，如何轉為逆增上緣？如何走出自己的一片天？正是本書想要探討的課題。在現實生活中，身心備受苛磨的十六位女子，她們的人生幾乎在與婚姻產生交集後，開始步向悲苦的命運——婆媳不和、先生外遇、子女叛逆⋯⋯甚至飽嘗喪夫、喪子悲慟；女人的一生，像是被下了宿命的詛咒般，在滾滾紅塵裡迷茫行去，找不到依從的方向，卻又沾染一身凡塵俗垢，換來無盡的哀怨、憤懣與無奈。

在磨難的盡頭，上人的法語如甘露法水適時洗滌無明。一個個被蒙蔽的心靈，始能化作一朵朵清蓮，一如優雅女子輕挪蓮步，從曙光中走來，以最初清淨的心眼，回眸看待生命的一切轉變。

窗外，已是敞亮的天光，抬眼望去，又將是一個藍天白雲的好天氣。

註：本書規劃進行期間，作者之一陳爋娟師姊因病往生，留下無盡遺憾！書中收錄兩篇她的文章，謹此紀念這位才情兼具的慈濟人文真善美志工。

國家圖書館出版品預行編目資料

出泥清蓮/陳嫺娟等著.— 初版 — 臺北市：經典雜誌，慈濟傳播人文志業基金會，2012.04
256面；15*21公分
ISBN：978-986-6292-20-0（平裝）

855　　　　100019693

出泥清蓮

作　　者／陳嫺娟等
發 行 人／王端正
總 編 輯／王志宏
叢書編輯／朱致賢
策　　劃／賴睿伶（慈濟基金會人文志業發展處）
企劃編輯／黃基淦（慈濟基金會人文志業發展處）
編 輯 群／洪綺伶、涂鳳美、張明玲、高芳英、葉金英、
　　　　　黃玉慈、張晶玫、胡瑞珠（慈濟基金會人文真善美志工）
美術指導／邱金俊
美術編輯／黃昭寧、邊意凡（實習）
出 版 者／經典雜誌
　　　　　財團法人慈濟傳播人文志業基金會
地　　址／台北市北投區立德路2號
電　　話／02-28989991
劃撥帳號／19924552
戶　　名／經典雜誌
製版印刷／禹利電子分色有限公司
經 銷 商／聯合發行股份有限公司
地　　址／新北市新店區寶橋路235巷6弄6號2樓
電　　話／02-29178022
出版日期／2012年4月初版
　　　　　2012年6月二版2刷
定　　價／新台幣260元

ISBN 978-986-6292-20-0（平裝）
Printed in Taiwan